星降り温泉郷

あやかし旅館の新米仲居はじめました。

遠藤 遼

JN177957

STARTS
スターツ出版株式会社

人はいつから夜空を見上げなくなったのだろう。
人工の光は夜の闇を追い出したけど、
夜空の星々までも見えなくしてしまった。
本当はそこに無限の宇宙が広がっているのに。

星のきらめきは、天から地への祈り。
人とあやかしと神さまが、共に同じ歌を歌っていたときの祈り。

星降り温泉はすべてを受け入れ、すべてを癒やす場所。
だって、就職活動二百連敗の私をも受け入れてくれたのですから。
人とあやかしと神さまと、共に同じ温泉で癒やされる場所。
藤原静姫《ふじわらしずき》、「いざなぎ旅館」の新米仲居。
陰陽師の大旦那、めったに笑わない教育係、鬼の番頭さんたちに囲まれて、
一生懸命働いています。
当旅館の温泉の効能は、美肌、疲労回復、運勢好転に霊力回復。
どうか、今回のご宿泊がお客さまの大切な時間となりますように。

目次

星降り温泉郷

あやかし旅館の新米仲居はじめました。

プロローグ

藤原静姫《ふじわらしずき》、就職浪人確定――。

私はスマホを握りしめながら、大学の中庭で膝から崩れ落ちた。

まだ冬の寒さを含んだ風がセミロングの私の髪をなぶる。

なぜ？　どうして――？

いま立て続けに来た五本のメールを何度も読み返した。どれもこれもお祈りメール。

私の未来を祈るより、私に未来を頂戴……。

私は文学部英文科の四年生。明日には卒業式を控えている。大学の単位はクリア済み。しかし、私にはひとつも内定が取れなかった。

自分で言うのもなんだけど、学業成績は悪くない。

性格だって、真面目なつもり。明るい印象にするために大学二年生のときにメガネをやめてコンタクトにした。セミロングの髪は少しだけ茶色いがこれは地毛だ。就職試験では、あまりにも美人過ぎるとかえって落とされるとまことしやかにゼミの先生に聞かされたけど、私に限って言えばその心配はない。色白の肌と切れ長でまつげの長い瞳はかすかな自慢だけど、夜の町よりは昼間の保育園の保育士さんのほうが私には似合っていると思う。

しかし、ダメだった。

私はのろのろと立ち上がり、そばのベンチに腰を下ろす。お尻からベンチの冷たさがしんしんと沁みてくる。

思わず天を仰いだ。まだ新芽しか見えない大学構内の木の枝が、空に伸びている。どんなに枝を伸ばしても空には届かない。いまの私みたいだと思った。

面接二百連敗。我ながら嘘みたいだけど、本当の話だ。

大学三年生になって就職活動をはじめた頃は余裕があった。このご時世、受けた就職面接が全部通るなんてことはない。友達もお祈りメールをもらっては、互いに慰め合い、励まし合った。

でも、大学四年になってもこの調子で、かなり焦りが出てきた。

自己分析や自己PRに関する就職活動必勝本みたいなものは相当の冊数を読み込んだのに……。

しかし、〝わかる〟と〝できる〟は違う。本にもそんなことが書いてあったっけ。

「どの会社も見る目がないよね！　静姫に内定を出さないなんて！」

と、ゼミ仲間の明日花《あすか》がレモンサワーを飲みながら、憤慨していた。

「ありがとう。でも、こればっかりはご縁とかもあるだろうし」ちなみに、私はただの烏龍茶だ。

明日花は私以上に怒り、一生懸命励ましてくれていた。大学四年の冬を過ぎても心が折れなかったのは、ひとえに彼女の励ましのおかげだった。

だけど——私にはそんな彼女にも言えない秘密がある。

フライドポテトをつまみながら、ふと思い出したように明日花が指摘した。

「静姫ってさ、時々私の頭の上を見てしゃべるよね」

「え？」

ほんのり頬が赤くなった明日花が、自分の頭の上の空間を手でかき混ぜた。

「このへんを見ながらしゃべるでしょ。あと私の肩の上とか。そういうときの静姫って、なんかこう、違うんだよね」

「〝違う〟……」

「うん。なんか違う」

〝怖がっている〟とか、〝避けてる〟とか言わなかったのは、明日花の優しさだと思う。

こう話していたときも実は、ちょっと彼女の肩の上を見ている。

リクルートスーツの明日花の肩のところに、ひとつ目の小さな生き物が乗っているのが見えていた。明日花には見えない生き物だ。

大きさは文庫本くらいのサイズ。形としては、痩せ型で猫背の人間に近いけど腰巻きだけで半裸。生き物としての名前はわからないけど、禿げたひとつ目の小鬼、といえばなんとなくイメージできるだろうか。物珍しそうに私を見てケタケタ笑ったり、明日花の頭の上に上ろうとしたりしている。明日花は気付いていない。気付いていたら、気味悪くて悲鳴を上げて卒倒するだろう。この小鬼の〝あやかし〟は初めて見るから、居酒屋の他のお客さんが連れてきていたものか、通りすがりのものかどちらかだろう。危害を与えてはこないようだけど、気持ちがいいものではない。もっとかわいい奴ならいいのに。

明日花の肩に遊びに来たようだけど、なんかもう、いろいろおかしい。そもそも目がひとつしかないという段階でおかしいでしょ。色んなことが尋常ではない。

何度目をこすっても、目をこらしても、いつものごとく見間違いではなかった。

それもそのはず、私にはこの世の人間には見えないあやかしたちが見えてしまうのだ。これが私の秘密だった。

生まれつき、普通の人の目には見えない妖怪とか妖精とかが見えた。

そいつらはどこにでもいる。

人の頭の上に乗っていることもあれば、空を飛んでいることもある。旅をしているものもいれば、いわゆる付喪《つくも》神《がみ》のように特定のモノに取り憑いているものもいた。

これまで見てきた連中の行動パターンは、野生の動物に限りなく近い。

私があやかしの見える人間だとわかれば、怖がって逃げていくものもいるし、逆にたちの悪いあやかしなら襲いかかってこようとしたり、悪戯してきたりするものもいる。

それに加えてあやかしだけではなく、死んだ人の霊も見えてしまう。

物心ついてから、どうやらこれは普通ではないということを悟った。

けれど、悟ったところで、あやかしが見えなくなるわけではない。

このおかげで、いろいろと不自由してきた。小学校と中学校は公立でそのまま通ったけど、どちらも運の悪いことに近くに墓地や寺社があった。小学校の頃は学校帰りなどに大小さまざまな怖い顔のあやかしに話しかけられて追いかけ回された。中学になったらさすがに悲鳴をあげるような事態は少なくなったけど、友達としゃべっているといきなりあやかしが目の前を横切ったり、友達にダブって見えたりして、驚きや恐怖で硬直してしまった。おかげで、挙動不審に見られたり、気味悪がられたことは数限りない。

高校と大学は事前に見学に行ってあやかしとあまり遭遇しなそうなところを探した。具体的には、お寺や神社、お墓、古くからある森とかがないところだ。それで全部が防げるわけではないけれども、小学生や中学生の頃に学んだささやかな防衛手段だった。

大学の専攻やゼミも、あやかしや霊と遭遇しなそうかどうかで選んだ。文学部の英文学科を選んだのは、英語の勉強中はなぜかあやかしと遭遇する率が低かったからだ。やっぱりあやかしにとって英語は難しいのかもしれない。同じように数学の勉強中もあやかしは寄ってこなかったけど、私も数学は苦手だった。

英文学といってもいろんな研究がある。日本の民俗学的な研究をしているところは当然パスだったし、怒りっぽかったりわがままだったりする教授のところには割と似たような心のあやかしや悪霊みたいなものが寄ってきていたので、これもパスだった。いま所属しているゼミだってあやかしと完全に無縁ではなかったが、頻度は低いし、なにより出現するあやかしが無害な連中ばかりだったので選んだのだった。

ところが、問題は就職活動だった。

筆記も適性テストもクリアして、最終面接でそれは起こる。

どの業種もどの面接も、面接官の後ろにあやかしが見えてしまうのだ。

しかも、結構たちの悪そうな連中ばかり……。面接官の身体中に蛇のあやかしが何匹も巻き付いていたこともあれば、明らかに私に害意を持って威嚇しているかなり大きなものもいた。

あやかしも霊も、この世の存在ではないが、私を脅かすことはできるし、私が見えているとわかればもっと見てほしいとばかりにうろちょろしてくることもある。巨大な力を持つものになれば物理的に殴ってきたり、ものを壊したり、誰かを怪我をさせたりすることくらいできるのだ。

そしてなにより、大体のあやかしは見た目が気持ち悪い。

そんなものを見たら、顔が引きつってしまう。どうしてまともに面接なんて受けられるのよ……？

　それが二百社。すべて最終面接まで頑張って、時間もお金も労力もかけて二百社なんですよ、二百社。大学三年から約二年間。卒業前日のいままでかかって、この有様だった。

　先ほどお祈りメールが送られてきた五社は、どれもまだまともに面接できたほうだと思ってたんだけどなあ。

　もう返事待ちのところもない。

　藤原静姫、万策尽きました……。

　時間を見ると午後五時。終業時間です。

　私はなけなしの気合いを集めて立ち上がった。


　つい数時間前、学食でゼミの教授に声をかけられたことを思い出す。「本当に大丈夫なんだよね」と深刻そうに尋ねてきた教授は退職間近。白髪で人が好《よ》い。私の就活状況を夏頃に知った教授には、自分の知り合いの勤め先や先輩の就職先を紹介しようかと何度か声をかけていただいたものだ。しかし、教授の紹介で行った面接であやかしと遭遇してぶち壊しになったらと不安で、ずっと断っていたのだった。その結果がこれ。かえって心配をおかけして申し訳ない気持ちでいっぱいだった。そのときは笑顔で「たぶん」と答えたのだけど……。ああ、結果を知らなかった数時間前に戻りたい……。

教授は、「信じてるけど、一応結果は教えてね。心配だから」と言っていた。だから、本当はもう家に帰って不貞寝《ふてね》したかったけど、教授への挨拶だけはしようと思った。

夕焼けの大学構内は、春も間近だというのにどんどん気温が落ちていく。

教授の研究室を訪ねた。軽くノックすると、「どうぞ」と声がする。

「教授、実は就職活動なのですが……最後の面接先もダメでした」

と、私が敗北宣言の挨拶をすると、教授は長い眉毛を八の字にしてため息をついた。心の底から私の就活失敗を悲しんでくれているように見えて、私も鼻の奥が痛くなってきた。

コーヒーメーカーで作り置かれているコーヒーを、教授が私に淹れてくれた。少し煮詰まっていたが、ブラックで啜る。

「大変だったね」

「はい」

今回、このゼミを卒業する四年生は明日花や私を含めて十人。そのうち、就職が決まっていないのが私ひとりだけだった。

「明日卒業式だけど、その後はどうするの？」

「まだなにも。自宅生ですけど家で遊んでいるわけにもいかないので、なにか仕事は探します」

市役所で働いている父親も、定年までそう何年もあるわけではなかった。母親も郵便局で働いているが、最近腰が痛いと言っている。要するに、私の両親もそろそろリタイアを考える時期で、四大文学部英文学科卒の娘が無職でごろごろしている余裕はなかった。

私は、教授と話しながら、近所のスーパーのレジ打ちをしている自分を想像してみる。英文学科で学んだことを生かして、英語の使える仕事がしたかったのに。ちょっと悲しくなった。それしかないなら、仕方がない。それしかないのだが、すぐに切り替えられるほど、私は気持ちの整理がうまいわけでもなかった。コーヒーの酸味が妙に舌に残る。覗き込めば、黒い液体の表面に自分の顔が奇妙に映っていた。まるで黒い鏡に映し出されているみたいだ。

同じくコーヒーカップを手にしていた教授が、なにかを思い出した顔で、机の上からチラシのようなものを持ってきた。

「さっきお昼のあとにさ、就職課に寄ったらこんな紙を渡されたんだけど」

教授が見せてくれた紙には、「従業員募集！」の文字がでかでかと書かれていた。

――南信州星降り温泉「いざなぎ旅館」。

環境省が選んだ日本でいちばん星空の美しい温泉で働いてみませんか。

学歴性別その他もろもろ不問。

先輩たちもとてもやさしくて、アットホームな職場です。

やる気のあるあなたを全力サポート！

社保その他、福利厚生も充実！

まず一晩泊まって疲れを癒し、それから面接しましょう！

(このチラシをご持参いただいた方は一泊無料です)

……とてもあやしい。

星空が売りのようで、天の川の写真が貼り付けてあるが、レイアウト的にはとってつけた感が満載だった。一行一行違うフォントを使っていて、大きさもまちまちで読みづらい。イメージキャラなのか、デフォルメされた鬼のイラストがあって、吹き出しに「待ってるよ」とセリフが書かれていた。

私はデザインの専門家でもないし、美術の成績がよかったわけでもないけれども、一見してなかなかすごいチラシだということはわかる。

じっくり見れば見るほどあやしい。

だが、信じがたいことだけど、ちゃんと学生課と就職課の印が押されていた。うちの大学はこのチラシを求人広告として承認したのか……。

あまりにあやしすぎて思わずじっくり見てしまう。求人広告として、注目させることが目的なら、その目的を達成しているからいい広告なのかもしれなかった。

しかし、これまでの就職活動の経験上、並んでいる文言は、昨今でいえば、〝うちはブラック企業です〟と宣言しているようなものではないか。

すると、私の戦慄《せんりつ》をよそに教授が笑顔で告げた。

「アットホームで福利厚生が充実しているなら、悪くないと思うよ？」

「はあ……」

長くて白い眉毛がたれて、半分泣いているような笑顔になる教授には、そのように読み取れたらしい。

「それに星空がきれいな温泉宿なんていったら、女性は大好きだろうし、今後は外国人観光客も増えるんじゃない？　そうしたら、大学で勉強した英語も生かせると思うんだ」

「そうですね……」

教授なりに考えてくれていたようだ。とはいえ、お昼に私と会ったあと、就職課であのチラシをもらってきたのだとしたら、私が就活大敗北を迎える可能性を考慮していたことになるわけで……教授、ひどい。

「とりあえずさ、そんな気分じゃないだろうけど、誰よりも就活頑張ったんだし、温泉で肩の力を抜くだけでもいいんじゃないかな。ほら、ギターの弦みたいに、張り詰めすぎてちゃプチンと切れちゃうよ。それに行ってみたら意外にいいところかもしれないし……」

コーヒーを啜りながら教授が勧める。だんだん早口になってくる。これは授業やゼミで気持ちが乗ってきたときの教授の癖だった。

教授の不器用なやさしさが、少しずつ私の背中を押していた。

あやかしや霊が見える私にとって、このゼミで過ごした時間はすごく居心地がよかった。なにしろ、ゼミに入ってからの二年間、教授があやかしや悪霊の類いを身体にまとわりつかせたりしていたことは先ほど触れた通り、ほとんどなかったからだ。教授の人柄がよかったからだろうと思っている。そんな教授に惹かれてやってきたゼミ生たちもいい人ばかりで、あやかしがらみでひどい目には遭ったことはなかった。

教授が、自分のカップにコーヒーをおかわりする。

「ずいぶん前に、藤原さんみたいな人がいたんだよ」

「私みたいな、ですか」就活にくじけた人だろうか。

するると、教授はカップを両手で持ってしばらく見つめてから、私に顔を向けた。

「きみ、なにか〝見える〟んじゃないの？」

息が止まりそうになった。

「教授、それって……」

「いや、違っていたら悪いと思ってずっと黙っていたんだけど。どうかな？」

私の秘密を知って、みんなが気味悪がって離れていった小学生の頃の光景が頭をよぎった。心がずきりとする。だけど、教授の朴訥《ぼくとつ》とした人柄を、私は信じた。

「――いいえ。違っていません。私、生まれつき、あやかしとか霊とかが見えるんです」

他人にそんな話をするのは十年以上ぶりだった。なぜか涙がこみ上げる。

教授は小さく何度も頷いてコーヒーを啜った。

「昔、このゼミにいた子もそうだった。けど、僕はそのときなにもしてやれなくてね。だから、せめてきみの助けになればと思ったんだけど。……声をかけるのが遅かったかな」

教授がまるで自分の責任のように申し訳なさそうな顔をしている。私は何度も首を横に振った。自分以外にも〝見える〟人がいる。初めて聞く話だった。

この教授が勧めているのだから、なにか運命的なものがあるのかもしれない。

落ち着いて考えれば、星空のきれいな温泉なんて行ってみたいに決まってる。

「わかりました。卒業式のあとで、連絡してみます」

半分破れかぶれであることは否めなかったけど、私はこの話に乗ってみることにした。

「うん。がんばってね」と、教授が泣いているのか笑っているのかわからない、いつもの笑顔になる。

ふと気になって尋ねてみた。

「昔、このゼミにいた〝見える〟方は、その後どうなったんですか？」

すると、なぜか教授が顔を赤らめた。

「やっぱり就職活動がうまくいかなかったんだけどね。いろいろあって——いまはぼくの奥さんになっている」

教授がはにかみながら教えてくれた素敵な結末に、私は胸が熱くなる。よかった、と思った。

けれども、私はこのとき、まだ知らなかった。ご縁があったら就職させていただく、というくらいの気持ちで受け取ったこのチラシが、私の人生を大きく変えるほどの力を持っていたということに——。

卒業式から三日後、私はあのチラシを手に星降り温泉へ向かった。三日後になったのは卒業式のあと、週末を挟んで先方の受け入れが厳しいとのことだったからだ。おかげでゆっくり眠ることができたし、支度も落ち着いてできた。

星降り温泉は南信州《みなみしんしゅう》、長野《ながの》県の南の山村にある。

東京《とうきょう》都から長野県へ行くのは初めてだった。地図上では近い印象を持っていたのだけど、実際に移動するとなると、車を持たない私にとっては結構大変だった。

まず、JR東京駅から新幹線で名古屋《なごや》へ行かなければいけない。名古屋なんて、長野を通り過ぎているのではないかと、スマホのルート検索で何度も確認してしまった。しかし、見間違いではなかった。

名古屋駅で中央本線に乗り換えて金山駅へ行き、名鉄に乗り換えて名鉄名古屋へ。同じ名古屋駅なのにどうして一旦金山《かなやま》駅へ行かなければいけないのだろうか。

そのあと、さらにバスで一時間半。しかも一時間に一本しかない。このバス、絶対逃してはいけないやつだ。

ところが、ここで私はやってしまった。

慣れない駅名のせいで、時間の感覚がずれてしまったのもある。ルート検索に勧められるままに特急に乗ってしまったせいで、席に座れてほっとしてしまったせいもある。電車のドアが閉まる音は聞いた記憶があったのに……。新幹線のなかでもずっと眠っていたはずなのに、私は居眠りをしてしまった。

どうやら二百連敗の疲労は身体の深いところに食い込んでいたらしい。気がつけば見知らぬ駅を出るところだった。

「あれ？　まだ着かないのかな」

スマホによれば四分くらいの乗車時間のはずなのに。

時計を見れば十分以上乗っている。

「私……寝過ごした？」

血の気が引いた。

この電車、次はどこで止まるの？

それよりも、いつ止まるの？

窓ガラスに顔を近づけて進行方向を見るが、なかなか次の駅が見えてこない。

一瞬、本気で緊急停止ボタンを押そうかと考えてしまった。就活のときに逆方向の電車に乗ってしまって、説明会に間に合わなかったトラウマが頭をよぎる。

しばらくして停車した駅で急いで降り、逆方向の電車を捜す。重いキャリーケースを抱えて反対ホームへ移動し、名鉄名古屋駅に戻る電車を待っていたら、なぜか別のホームに名鉄名古屋駅行きの急行が入ってきた。嘘でしょ。電光掲示板を確かめると、次の急行だけ臨時で別ホームに入ってくると表示されていた。それがあれなの？　大急ぎで急行のホームへ走ることも考えたけど、たぶん間に合わない……。わたしは首《こうべ》を垂《た》れた。

やっと来た鈍行で名鉄名古屋駅に戻ったときには、日差しはすっかり西日になっていた。徒歩一分と書いてあるバス停を五分以上かかって探し出したときにはちょうど目的のバスが出発したばかりだった。

ここまで来たら大丈夫だろう。きっと、他にもいまくらいの時間に来る温泉客の方もいるだろうし。なんて、淡い期待を抱いていたが、バスが来てみたら乗客は私だけだった。

今度こそ寝てはいけないと自分を戒めるため、立ったり座ったりを私は繰り返した。ひとりぼっちの寂しさを紛らわせるためでもある。

バスが進むにつれて家がまばらになり、ついになにも見えなくなった。街灯もほとんどない。というより、まったくない。だからこそ、降るような星空が見られるのだろうけど、本能的に寂しくなるのはどうしようもなかった。

バスから降りたら辺りはもう真っ暗。

遠ざかるバスのテールランプが見えなくなると、本当に周りが見えなくなった。

夜って、こんなに暗かったんだ。どっちへ歩いたらいいのか考えていると、せっかく教授の素敵な話で上向いていた心が、だんだんとまた塞いでくる。

なにやってんだろう、私。

東京を離れて、ひとりぼっちで。

ああ、でも、東京にいても就活に失敗した私に居場所はないか。

卒業式から今日まで、家でゆっくり休めたけど、それは両親が私のことを腫れ物に触るようにしていたからで。

なんで私はこうなんだろ。あやかしが見えなかったら、人生変わってたのかな。

お父さんもお母さんも普通の人なのに、なんで私だけがこんな不思議な力を持っているのかな。寂しさと不安で瞳に涙がにじみはじめた、そのときだった。


――天を、見上げてご覧なさい。


「……へ？」

右を向いても左を向いても、真っ暗な夜の闇のなかで、温かな女性の声が聞こえた気がした。

お母さんとは全然違う声なのに、なんだか懐かしい気持ち。とても落ち着く――。

私はその声を信じて、天を見上げた。

「うわぁぁ……」

本当に美しいものを見たとき、人間は自然と感嘆の声が出てしまうのだと、そのとき知った。

空には無数の星々がきらめいていた。

どこまで見上げても、のけぞるように後ろまで首を反らしても、星が途切れることなく空一面を埋め尽くしている。天を斜めに横切るうっすらと白い光の流れが、天の川。生まれて初めて見た。

東京出身の私には、夜空でよく見る天体といったら月と木星と火星がほとんど。星座はカシオペア座と北斗七星、あとは冬のオリオン座くらいしか見たことがなかった。

いま私は本当の星空を見ている。

いや、〝宇宙〟を見ていた。

私はちっぽけだ、と思った。

人間がどれほどの文明を築こうとも、科学がどれほど発展しようとも、いま私が見ている大宇宙の神秘をすべて解き明かすことはできないだろう――そんな気持ちにさせる星空だった。

それにしても、星が多い。夜空にはこんなにもたくさんの星があったんだと呆れるほどだ。視界の限りを埋め尽くす星々を見ていると、かえって星座の組み合わせが分からなくなってくる。昔の人はよく星座をつくることができたなと変な感心をしてしまった。

星降り温泉、というよりも、〝星に魂が吸われる温泉〟と言いたいほどの迫力だった。じっと夜空を見上げていると、星々と自分がひとつになっていく感覚がした。

ちっぽけだ、と感じた気持ちが、むしろたくさんの星々とつながっていくみたいな感覚に変わっていく。なにかエネルギーのようなものをもらっているみたいだった。

流れ星が視界の隅を走った。

えっ、と思ったときにはもうない。流れ星ってあんなにすぐ消えるの？　願い事三回なんて無理だ。それすらも楽しい。

星空の美しさに気持ちが上向いてきたところに、異物のような声が割り込んできた。


「見つけた――」


低く、くぐもった声がした。私は慌ててスマホを取り出し、ライトをつける。ライトは夜の闇をただ素通りするだけ。なにも映さない。

しかし、私の目には大きな男の姿が見えていた。いや、正確には男と呼ぶべきではないだろう。二メートルは超えるだろう見上げるほどの体格に黒い羽。修験道の行者のような衣服。その顔は人間ではない。漆黒の羽毛とくちばしと目を持っていた。たとえるなら、烏――。

〝あやかし〟だ。

それも、これまで見たもののなかで考えると、危険なあやかし。

たぶん、烏天狗《からすてんぐ》。友好的なものもいるが、いま私の前にいる烏天狗は違う。くちばしを大きく開けて私を威嚇していた。

まずい。逃げなくては――。

私はスマホのライトで足下を照らしながら全力で駆け出した。

しかし、烏天狗も私を追ってくる。

知らない土地。知らない道。星明かりとスマホのライト以外の光のない夜のなかを、ただ走るしかない。山のなかの温泉地だから、かかとの高くない靴を履いてきてよかった。

「はあ、はあ、はあ――」

逃げても逃げても、烏天狗は一定の距離で追ってくる。

まるで悪夢のなかを逃げているようだった。

バス停からチラシに書いてあった「いざなぎ旅館」はすぐ近くのはずなのに。

どこに行けばいいの――？

すると、目の前にぼんやりオレンジ色に光るものが現れた。私は無意識にその明かりに頼った。

　息を切らして走っていくと、そこには端正な作りなのにずいぶん物憂げな顔をした若い男の人が立っていた。たまたま居合わせたと言わんばかりのふらりとした立ち姿。なのに、不思議と様になっている。どういう仕組みかはわからないけど、全身がぼんやり光っている。単純なあやかしのようなどこか不気味な光とは違う。肩の辺りから、光がほのかに身体を包んでいるのだ。

　その男は明らかに私を見て、言った。

「助けようか」

　私は一瞬だけ迷った。本当に人間なのか。だけど、私はその〝光〟を信じて、告げた。

「助けてください」

　そのままその男の横に足をもつれさせて滑り込み、倒れ込む。走るのも限界だった。膝に冷たい草の感触がする。男が立っているところが草の上でよかった。心臓が激しく鼓動を打ち、息もままならない。大学二年生で体育の授業を終えてから運動していないツケだ。

　思い切り転んだ私には目もくれず、その男は懐から金色の細い棒を取り出した。目の前に烏天狗が迫ってくる。男よりも烏天狗のほうが頭ひとつ大きかった。

しかし、動じる様子はない。

「本来は悪鬼《あっき》祓いの呪文だが、まあ効くだろう……天も感応、地も納受、御籤《みくじ》はさらさら」

男は呪文を唱えると飛び上がった。金色の棒を逆手に構える。烏天狗の脳天をそのまま殴りつける。ゴンっと鈍い音がして「ぎぐぇぇぇぇ」と、烏天狗が絶叫した。夜の闇が震える。脳天を押さえる。よろめいて膝をついた。

強い――。

私が唖然としていると、男は慇懃《いんぎん》無礼《ぶれい》に烏天狗に言い放った。

「困りますね、お客さま。うちの宿で元気になったからって、帰りしなにさっそく人間に手を出されては。――去《い》ね」

男が柏手《かしわで》を打つ。烏天狗が柏手の音にのけぞる。悔しそうにもう一度叫び、烏天狗は黒いつむじ風となって去っていった。

烏天狗の気配がなくなるのを待って、男が私を見た。

天の川を背景に、山間を流れる雪解け水のような怜悧《れいり》で白皙《はくせき》の顔をしていた。月明かりのように白く冴え冴えとした肌、星を宿したように美しい瞳だけど、どこか心を閉ざした寂しそうな印象だ。作務衣《さむえ》というのだろうか、黒っぽい服を着ている。

「日没になっても来やしねぇから、見てこいって大旦那が言うんで来てみれば、とんだぼんくらが来やがったな」

澄んだきれいな声なのに、恐ろしく人を馬鹿にしたしゃべり方をしていた。もとが美形なぶん、よく切れるカミソリのように鋭利に耳を打つ。初対面の相手ながら、私はかちんときた。いいよね。あっちだって初対面の私に悪態をついたのだから。

しかし、この無礼な美形は敵意を持った烏天狗をただの一撃で撃退してしまったのだ。当たり前だけど、私と同じであやかしが見えるにちがいない。私以外にそういう力を持った人に会ったのも初めてだけど、それを打ち負かすことができる人なんて見たことがなかった。私はあやかしも霊も見えて話ができても、他にはなにもできたりしないのだから。

いまこうしているときも、この男の身体はうっすらと光っている。

まさかと思うけれど、やはり本当は彼もあやかしなのだろうか……。

「あ、あの……」

スマホのライトで足下を照らす。私がこの人との距離を測りかねていると、男性のほうから舌打ちをしてきた。

「ちっ。助けてやったのに礼もなしか。まあいいけどな。『いざなぎ旅館』はこっちだ」

「いざなぎ旅館」という名前を聞いて、私は我に返った。この人、これから私が行こうとしている旅館の関係者なのか。嘆息《たんそく》しながら歩き出そうとする男性に、慌てて頭を下げた。

「た、助けていただいてありがとうございました。えっと、私、従業員募集のチラシを見て参りました藤原静姫と申します」

この人が人間だったら当然の礼儀だし、あやかしだったら怒らせてはいけない。

すると男性はちらりとこちらに顔をねじ曲げた。

「聞いてる。ま、俺は大旦那に言われて迎えに来ただけだしな。俺は葉室法水《はむろのりみず》。『いざなぎ旅館』の従業員だ」

温泉旅館の従業員を名乗るには横柄すぎないだろうか。私はあまり人にレッテルを貼ったりするのは好きではないのだけど、あまりにもつっけんどんすぎる。

ふたりで黙ってしばらく歩く。思ったよりも走り回ってしまったようだ。葉室さんがいなければ、また迷子になっていただろう。

隣で歩きながら葉室さんの顔を見上げる。きれいな顔だなと思った。肌のきめが細かいし、男性なのに石けんの香りがほのかにしている。降るような星空の下の美青年。どこかおとぎ話めいていて、本当にこの人が人間なのか、わからなくなってきた。

「あの、『いざなぎ旅館』は、ここから近いんですか」

美青年との沈黙に耐えきれず、話しかけてみる。就活で培った笑顔を添えて。

「ああ」

……ん？　それでおしまい？

「あの、葉室さんは、『いざなぎ旅館』は長いんですか」

「…………………」

今度は答えがなかった。

「さっき、あなたの肩の辺りが光って見えたのですけど――」

「…………………」

やっぱり答えがない。悪い人ではないかもしれないけど、とっつきにくい人であることはわかった。

向こうから別の光がアスファルトの上を動いている。あれは懐中電灯の光だ。それを見たときに、葉室さんの全身をうっすらと覆っていた光が消えた。

「善治郎《ぜんじろう》さん！」と、葉室さんがその光に声をかけた。すると光は私たちを捜すように少し揺らめき、こちらに向けて近づいてきた。

「ああ、葉室くん。よかったよかった。どこ行っちゃったかと思って心配したよ」

いかにも人の好さそうなおじいさんの声だった。「従業員志望者、連れてきましたよ」

「ああ、そりゃあ、よかった」

と、おじいさんの声が懐中電灯で下から自分の顔を照らした。

ベタだったけど、びっくりしてしまった。

「はっはっは。驚かせちまったかな。どうも、初めまして。石守《いしもり》善治郎と申します。善治郎さん、一応、番頭ってことになってるけど、そんな偉かねえからさ。みんな、〝善治郎さん〟って呼ぶから、あなたもそれでいいよ。緊張しなくていいから」

細身の、しわだらけの顔をした善治郎さんは、おどけたように言った。死んだおじいちゃんのやさしい笑顔をちょっと思い出す。だけど、私を笑わせようとして、顔をライトで照らすのはやめていただきたい。

「石守さん……」

どこかで聞いたことがあるような気がして、私は慌ててチラシを取り出し、スマホのライトで照らす。「採用担当・石守」とあった。

「ははっ。それ、俺が作ったチラシだ。結構うまいもんだろ」

と、覗き込んだ善治郎さんが笑っている。

「え、ええ……」

デザイン的にいろいろ言いたかったけど、見たところ七十歳過ぎのおじいさんが作ったのだとしたら大したものだ。

「烏天狗に追っかけられててさ」と、葉室さんが面倒くさそうに言う。「おまけに、

「ひっ⁉」

こいつとろくて」

　こいつというのは私のことだ。息するように嫌味を言う方ですね……。

　とはいえ、烏天狗に追いかけられるとかって、大変な出来事だと思うんですけど。

　そして、なんでおふたりはそれを普通に話しているの？

「あれ。ほんとかい。怖かったろう。時々悪さする奴が出るんだよなぁ」

　と、田舎のおじいさんのしゃべり方そのままで善治郎さんが目を丸くした。

「え、ええ……」

　やさしそうなおじいさんだと思ったけど、違った。善治郎さん、葉室さんの言葉を、まるで世間話のように受け流している。つまり、この人もあやかしが見える人。それも、烏天狗に追っかけられる状況にもまるで動じないくらいの人だということだ。

「で、烏天狗はどっち行った」

「あっち」と葉室さんが顎で指すと、善治郎さんはこれまで顔を照らしていた懐中電灯を下ろした。

「葉室くん、このお嬢さんのこと頼むな」

「俺が独鈷杵《どっこしょ》で殴りつけたから、しばらくはおとなしくしていると思うけど」

「これからこのお嬢さんもいるんだし、仲間がいたりしたらいまのうちに全部まとめて面倒見てきてやるよ」

「ま、それが合理的でしょうね」

「じゃあ、ちょっと行ってくっから。よろしく」

そう言うと善治郎さんはひょこひょこと歩いていってしまった。

「あの、さっきのおじいさん」

「善治郎さん」葉室さんに訂正された。

「その、善治郎さんは、大丈夫なんですか」

普通に考えて、細身のおじいさんが筋骨隆々《きんこつりゅうりゅう》とした烏天狗をどうこうできるとは思えない。それどころか、夜道で転んだりしたら、それだけで骨を折ったりすることもあるだろう。それくらい善治郎さんはか弱そうに見えた。

すると、葉室さんは、そんなばかばかしいことを聞くなと言わんばかりの態度で教えてくれた。

「大丈夫だよ。あの人は〝鬼〟だから」

「オニ……」

どういうことだろう。善治郎さん、ああ見えて怒ると怖いのだろうか。一見穏やかな人ほど、キレると怖いって言うし……。

私の表情を見てなぜか葉室さんはため息をついた。

「お前、本当になにもわかってないんだな。あのチラシを見てきたっていうからどんな奴かと思えば、とんだ期待外れだ」

残念な子を見る表情で葉室さんが私を見ている。一体なんで私はここまでディスられねばならないのだろう。私はむっとして反論する。

「どういう意味ですか」

葉室さんは私を無視して歩き出した。ちょっとそれはないんじゃないの？

さらに私が文句を言おうとしたが、葉室さんに遮られた。

「ほら、早くしろ。大旦那が待ってるから」

葉室さんの背中が闇に消えては困る。私は慌ててあとを追った。スマホのライトはもうすぐ充電切れになりそうだった。

車道から細い道に入り、緩やかな弧を描きながら歩いていくと、突然目の前が開けた。人工の眩い光が漏れ出して、天の川が急に地上に流れ込んだのかと思った。

その光は大きな建物のものだった。周りが木々に囲まれているにしても、これだけの建物が車道からまったく光を見せないのはすごいことだ。よほど計算して建てられているのだろう。

星降り温泉の名の通り、この素晴らしい星空を楽しみに来ているお客さんも多いだろうから、旅館の外観もあまりライトアップしていない。そのため外観の細かいところはわからないが、瓦葺きの屋根のシルエットが夜空に反り返るようになっている。木造三階建ての立派そうな建物だった。

しかし、なかに入ると普通の旅館ではないことに気付く。

最初は夜だから雰囲気が違うのかと思ったけど、昼か夜かの問題ではない。いるのだ。あやかしが。そこかしこに。

ロビーは普通に観光客で賑わっていた。浴衣を着た家族連れや女性客たちがお土産物を見たり、中庭へ出て星空を楽しんだりしている。はたから見ればごく普通の温泉旅館だ。

しかし、扉をくぐって人気《ひとけ》のない廊下へ出ると一変した。

ひとつ目や仮面をかぶったのや、大きいのや小さいのや、動物のようなのやきれいな女性のようなのが、廊下をうろうろしている。温泉が気持ちよかったとか、星空がきれいだとか談笑していた。そのうえ、ご丁寧なことにみんな浴衣を着ている。あやかし用の浴衣とかってあるの？

ふと先ほどの烏天狗を思い出して身がすくんだ。

「こ、ここって……？」

なにかにすがりたくて、私は思わず葉室さんの作務衣の端をつかんでしまった。そのとき、葉室さんの身体に指先が触れた。とても引き締まって硬かった。

「詳しいことは、大旦那が教えてくれる」

葉室さんは相変わらずむすっとした様子で頭をかきながら言った。明るいロビーで改めて見ると、びっくりするほどきれいな顔をしている。年齢は私より少し上くらいだろう。黒髪はさらさらで、抜けるような色白の肌。眉は凛々しく整い、切れ長の目は二重でまつげも長かった。真っ直ぐな鼻梁がなぜか少しやんちゃそうな印象を与えていた。頬はうっすら桃色づいていて、同じように桃色の薄い唇を軽く引き結んでいる。

これだけ美形の材料がそろっているのに、現に秀麗な顔立ちなのに、全体からはどこかけだるそうな雰囲気が漂っていた。最初、それは私の鈍臭さへの当てつけだと思っていた。しかし、明るいところで見ると、私の考えが間違いだったように思えてきた。葉室さんは、私に当てつけているのではない。この人が当てつけているのは周りの環境であり、あやかしであり、葉室さん自身へのように直感した。それがなぜかはわからなかったけれど……。

「こっち」と言って葉室さんは私を旅館の奥のほうへ案内する。

何度か階段を上り下りして、きれいな装飾の施された襖《ふすま》の前に着いた。

「大旦那」

と、両膝をついた葉室さんが声をかける。私もならう。

すると、襖の向こうから艶のある男の声がした。

「なんだい」

どこか楽しげで、余裕に満ちた大人の男の声だった。

「チラシを持ってやって来た女性をお連れしました」

「ああ、入ってもらってくれ」

「はい」

葉室さんが正座の姿勢のまま襖を開ける。深く一礼。さっきまでの気に障る態度とはまるで違う。

襖の向こうは広い和室だった。畳の匂いが清々しい。二十畳くらいの広さの和室のいちばん奥、床の間を背にして和服姿の男が座っていた。男の前には文机があり、いろいろな書類が散らばっていた。

「どうぞ。もっと近くへいらっしゃい」

手招きされるままに私は奥へ進んでいく。知的で落ち着いた顔立ちの大人の男性だった。はっきり言って思わずじっくり見てしまうほどのイケメン。それなのに目だけは好奇心いっぱいの子供のようにきらきらしているのが印象的だった。黒い髪はつややかで若々しい。着物に詳しくはないのだが、一目で高級そうだとわかる。しかし、それが嫌味ではない。透明でありながら存在感がある、不思議な人だった。あ、履歴書とか出さないといけないのかな。バッグから書類を出して、その男の人の前に正座した。

「初めまして。大変遅くなりまして申し訳ございません」

「東京から遠いところ、お疲れさまでした。私はこの『いざなぎ旅館』の大旦那ということになっている、土御門泰明《つちみかどやすあき》。よろしくお願いします」

土御門。なんかお公家さんみたいな名前だな――。

「そうだね。私の家は、遡《さかのぼ》れば京都の公家だし、いまでも京都住まいの親戚は多いよ。さらに遡れば安倍という名字になって、安倍晴明《あべのせいめい》なんて人に行き着く。その名は知ってるかな、藤原静姫さん？」

私は固まった。なにも話していないのに。お公家さんみたいな名前だと、心で思っただけなのに――。

「心で思ったことは言ったことと同じことなんだよ。あやかしだって普通の人の目には見えないだろ？　同じように普通の人には心のなかで思ったことが聞こえないだけ。私たち陰陽師のようなものには全部筒抜けなんだよ。ああ、私のことは泰明で構わないよ。〝つちみかど〟というのは舌を噛んでしまいそうだからね」

と、にこやかな表情で説明する。私を安心させようとしているようにも、驚いている私の反応を楽しんでいるようにも見えた。

「お、陰陽師——？」

安倍晴明とか陰陽師とか聞いて、思わず昔見た映画を思い出す。白い装束を着て、烏帽子をかぶって、呪文を唱えていた。あの映画を見たときになぜかほっとした記憶がある。目に見えないものがそこに普通にいるという環境に生きている人が自分以外にいるんだという気持ちになったからだ。もっとも、邪霊祓いみたいなことは私にはできないけど。

土御門泰明さんは、その陰陽師だと名乗ったのだ。

ふと隣を見れば葉室さんが少し斜め後ろに座っている。陰陽師と言われて、黙って聞いている。ということは、本当のことなのだろうか……。

泰明さんは文机の上の文箱から、紙を一枚取り出していた。従業員募集のあのチラシだった。私の前に差し出す。

「このチラシは善治郎さんが作ってくれて、最後に私が呪《じゅ》をかけた。ふさわしい人の手に渡り、ふさわしい人がこの宿で働いてくれますように、とね」

「はあ……」

呪をかけるとはどういうことだろう。

「きみも、あやかしが見えるんでしょ？　私たちと同じように」

「は、はい……」泰明さんにじっと見つめられて、つい答えてしまい慌てる。

「さっそく烏天狗に襲われてましたけどね」

と、葉室さんが聞かれてもいないのに付け加える。泰明さんが苦笑した。

「見ていた。法水の天狗返し、見事だったぞ」

「どうも」

と、葉室さんがまったくうれしくなさそうに頭を下げている。

「あ、あのっ」と、私は会話に割り込んだ。「この旅館は一体どういうところなんですか。さっきからおふたりとも普通にあやかしのことを話題にしているし」

それこそなにかの呪文にかかったかのようにここまで来てしまったけど、これは違う。あやかしが見えることで就職活動で散々な目に遭った私への、これ以上ない皮肉だ。

教授には悪いけれども、最初からこの場所がこんな怪しげな場所だと知っていたら、私はわざわざ南信州までやって来なかった。

泰明さんが安心させるように微笑んだ。

「法水が〝そっち〟から入ったのでびっくりさせてしまったみたいだね。もちろん、この宿は普通の人間の宿でもある。けれども、人間の宿と背中合わせで、あやかしや神さまのための空間も作っている。私は陰陽師だし、番頭の善治郎さんの正体は本物の鬼。そこにいる法水も――」

「大旦那——！」

と、葉室さんが口を挟んだ。あきらかに不機嫌な声だ。従業員なのにそんな態度、いいのだろうか。しかし、泰明さんのほうは一笑に付しただけだった。

「ふふ。まあ、それはいいとして。ここで働いているものはなんらかの形であやかしと接点がある。なぜなら、この宿があやかし、神さま、人間が仲良く湯治する場所だからなんだ」

「それについて別にどうこう言うつもりはありません。ただ、私は——」

「あやかしを見る力なんて、できればなくなってほしい？」

泰明さんがずばり言った。私は息が止まりそうになる。誰にも相談しようもなく、だからこそ誰にも言ったことがない心の底の願い。それをいきなり指摘されたのだ。

しかし、それをそのまま認めるには、なにもかもお見通しみたいで気恥ずかしい気持ちのほうが先立った。

「とにかく私、ここで働くのは考え直させていただきたいんです」

履歴書をさりげなくしまう。泰明さんが苦笑している。

「チラシに呼ばれてきたのだから、きみはこの場所に縁があると思うのだけどね」

「縁があってもなくても、あやかしのお宿なんて、私、できません」

斜め後ろで舌打ちが聞こえた。葉室さんだ。

「そんなにあやかしが嫌いなのかよ。人間はえらいもんなんだな」

憎まれ口なのに、どこかさみしげに聞こえたのは気のせいだろうか。

しかし、私は可能な限り早くここから出ていくことだけを考えていた。

「もうバスもない時間だよ」

と、田舎特有の事情で泰明さんが止めようとする。

「ロビーでタクシーを呼びます。失礼しました」

荷物を抱え、頭を下げ、そそくさと泰明さんの部屋をあとにした。仕事は欲しい。教授がせっかく私に紹介してくれたという事情もある。けれども、あやかしたちのいる職場はイヤだ。こんなところへ就職してしまったら、きっと私は普通の人間の世界に帰れない。教授の奥さんみたいなハッピーエンドはなくなる——。

やっぱり、チラシを見たときに感じた通り、とんでもないブラックな職場だった。並のブラックさではない。超常現象的にブラックだ。

このまま来た道を引き返すと、あやかしのなかを突っ切ることになるのでそれは避けたい。ロビーはとにかく一階にあるのだから、さっきと違う順路で下に下りればロビーへ出られるはず。出られなくても〝人間〟に会えば、道を教えてもらえるはず。

早足で廊下を急ぎ角を曲がったところで、女の人とぶつかってしまった。

「きゃっ」

廊下に私と相手の女性の悲鳴が響いた。お互い、尻餅をついて倒れる。そのとき、がちゃんと、なにかが割れる大きな音がした。

「痛てて……」

鼻を打った私はさすりながら目の前の女性を見る。

女性は白い服に腰から下のエプロンと白い帽子をつけて、板前のような格好をしていた。けれども、顔を見て衝撃を受ける。丸く秀でた額にやさしげな眉。少し猫目で黒目がちな目は長いまつげで覆われ、小さめの鼻と花のつぼみのような唇がなおさら仔猫のようなかわいさを添えていた。あふれ出る美少女オーラ――。

なんなの⁉　この旅館には、男も女も美形しかおらんのかい！

「あいたた……。ごめんなさい、大丈夫ですか。――あ、お皿！」

その女性が慌てる。目尻が上がっていて猫みたいなかわいらしい瞳が、みるみる青ざめ、泣きそうな顔になっていった。

目の前には大皿が粉々になっている。

一枚や二枚ではない。その数、実に十枚。

やばい……やってしまった……。

それからすぐあと、私は再び大旦那である泰明さんの前に呼び出されていた。

「おかえりなさい、静姫さん」

先ほどと変わらない、どこか楽しげな声だ。

「はい――」

私は、泰明さんの顔を見る気力もなく、ただうなだれていた。

「それにしても見事にやってくれたね」

がちゃりと音がする。泰明さんの文机の上には、ものの見事に割れた大皿十枚が風呂敷の上に置かれていた。細かな絵が描かれていて、ぱっと見たところかなり高級なお皿に見える……。

私の隣にはさっきの板前姿の女性、三浦絵里子《みうらえりこ》さんが白い板前帽を握りしめて、こちらもうなだれて正座している。彼女は「いざなぎ旅館」の板前なのだそうだ。

「大旦那さま、これは私の不注意もあって」

「いやぁ、絵里子さんはなにも悪くないよ。大旦那に言われて皿を運んでただけなんだからさ」

そう弁護したのは外から戻ってきた善治郎さんだ。正体が鬼、と聞いたせいか、しわ深い目の光り方がとても厳しく見える。葉室さんが善治郎さんの後ろで無言で暗い顔をして控えていた。

泰明さんが苦笑しながらため息をつく。

「静姫さん、顔を上げて」

「はい――」

お白洲《しらす》に引き出された心境です……。

「このお皿はずいぶん高価なものでね。普段は使わないのだけど、今度来る神さまたちのおもてなしに使おうと思ってて、状態を私の目で確かめたかったんだ」

「はい……」

でも、これじゃ使えないよねと、皿の破片を持ち上げて泰明さんが口をへの字にした。私もそう思います……。

「絵里子さん、仕方がないから違うお皿を準備してほしい」

「わかりました」

と絵里子さんが洟《はな》を啜っていた。

「さて、静姫さん」

と泰明さんが改まる。いよいよ判決だろうか。

「はい」

「このお皿、なんでも室町時代の品で、しかも十枚全部揃っていて状態もいいということで結構な値がついているんだよ」

「ち、ちなみにおいくらくらいでしょうか」

「一千万円」

めまいがした。

「い、一千万円ですか……」

少し吐き気もした。

「うん。一千万円。陰陽師の私としては、諸行は無常で、この世に壊れないモノはないと思ってるんだけどね」

「そ、そうなんですか」

ひょっとして温情判決いただけそう？

しかし、泰明さんは実に残念そうにため息をついた。

「けれども、私はこの旅館の経営者なんだよね」

目の前が暗くなった。

「はい……」

「このお皿も、店の財産としてたしか計上していたんじゃなかったかな、善治郎さん」

「うん。資産計上しているよ。なにしろ国宝級のお宝だから」

と、善治郎さんが何度も頷いている。国宝級……。

「となると……」と、泰明さんが厳しい表情になった。「弁償、してもらわないといけないね」

しかし、私にそんなお金はない。両親だってそんなお金はない。

ならば、方法はただひとつ。

働いて返すしかない——。私は腹をくった。

「ここで働かせてくださいっ」

「まあ、そうだよね」と泰明さんが苦笑している。

「そうなるよな」と葉室さんが大きく深くため息をついた。

「それしかねえな」と善治郎さんが頷いている。「まあ、みんないい連中ばっかりだから頑張りなよ」

そう言った善治郎さんの目が、一瞬、金色の独特の目になった。

ほんとに鬼なんだ——。逃げられない……。

超絶イケメン陰陽師の大旦那、クールな美形の葉室さん、好々爺《こうこうや》だけど鬼の善治郎さん。私の人生でもっとも魅力的でアブナイ男性たちに囲まれて働くことになりました。

藤原静姫、無事、就職。

一千万円の借金を背負い、返済するまで働きます……。

第一章　古びたお守りとどんぐり

かくして私は「いざなぎ旅館」に就職を遂げた。

仕事はいわゆる仲居さん。しかも、住み込みだ。

山奥の温泉宿なので、旅館のそばに従業員用のアパートを建ててくれている。

仕事中の食事も昼夜は支給されるし、お願いすれば朝も百円という破格で用意してもらえた。

降るような星空の温泉宿で、三食保証の住み込み付き。もちろん、仲居の仕事に必要な着物（「いざなぎ旅館」では二部式着物という形の着物を採用している）も、すべて支給。ここだけ見れば、とても〝ホワイト〟な職場に就職できたと喜ぶところだが、実際のところは真っ黒けっけ。

主に私の懐《ふところ》的な意味で、だった。

あ、それだと、真っ黒ではなく〝真っ赤〟になるのか。

国宝級の皿十枚を割るという壮挙を成し遂げた私だ。一度、東京の実家に帰って引っ越しの荷造りをするときにも、つかず離れずで葉室さんがついてきた。

「しょうがねえだろ。大旦那が行けって言ったんだから」

と、不機嫌そうに葉室さんがスマホをいじっていた。これといって、引っ越し作業を手伝ってくれる雰囲気ではない。私としても、昨日会ったばかり人に自分の部屋のものを触られるのはイヤだから、これは別にいい。

それにしても。

壁に寄りかかってスマホを眺める横顔だけ見るなら、相当な美形だった。画面を見ているせいで伏し目がちになって、長いまつげがよりくっきり見える。繊細そうな顎のラインは中性的な魅力だった。

「あれ？　入らない……」

葉室さんに見とれていたからではないが、自分で持っていこうと思っていたキャリーバッグが詰めすぎてしまって閉まらない。体重を乗せて何度も強引に締めようとしていると、葉室さんが声をかけてきた。

「そんな力任せにやったら壊れるぞ。まだ少し時間はあるから丁寧に入れろ」

出来の悪い子を見るような目で見られて、私は口早に反論する。

「い、言われなくったってわかってます。……プライベートな品が入ってるんですからそっち向いててください」

「はいはい」と、葉室さんがため息をつきながら身体を横にした。

「っしょ。……あれ？　まだ閉まらない」

「荷物が多すぎるんじゃないか。どうせすぐ引っ越しの荷物は届くんだから、そんなに手持ち荷物に入れなくていいじゃないか」

「そうですね！」

肝心の借金問題だが、家で両親に暴露されたらどうしようかとビクビクしていたけど、さすがに葉室さんもそんなことを言う人ではなかった。その代わり、変な黒い蝶が私の部屋をふわふわ飛んでいる。部屋から追い出そうとしたら「シャッキン、イッセンマンエン」としゃべった。泰明さんのいわゆる式神的なものらしい。陰陽師恐るべし。やはり借金一千万円は夢ではなかったんだね……。

「静姫ちゃん、静姫ちゃん」

と、お母さんが荷造りに四苦八苦している私を廊下から小声で呼んだ。いい笑顔で激しく手招きしている。

「なに？」

「いいからちょっと」

葉室さんが動かないのを確認してお母さんのところへ行く。

「一体なに？」

すると、お母さんが意味深な笑いになった。

「あの男の人、かっこいいわねぇ～」

「はあ」見た目はそうだと思う。

「とうとう静姫ちゃんが男の人を自分の部屋に入れる日が来るなんて。お母さんうれしくって」

「そういうのやめて」

「今日お休みで家にいるお父さんも、『今夜は赤飯だな』って」

「ほんと、やめて」

葉室さんは、債務者が逃げ出さないようにしているだけのお目付役です。

ちなみに葉室さんはこのすぐあと、家の外へ出ていった。勘が鋭いのかも。

両親に「いざなぎ旅館」に就職しようと思う、というより他に選択肢がないからしないといけないと話した。まだ三月なのに住み込みで働きはじめることをあやしがられるのではないかと思ったが杞憂《きゆう》だった。今月中はインターンで来月から本格的に働き出すのだと言ったら、こっちが拍子抜けするほどすんなり許可が出た。これも、陰陽師的ななにかを泰明さんが仕掛けたのかもしれない。

しかし、最後の最後でちょっとだけトラブルが起きた。

三月下旬は就職進学その他諸々で引っ越しのピーク。いまから業者を手配しようにも全然捕まらない。話を聞いてもらえたとしても信じられないような見積もりを出された。これは遠回しに断ってきているのだろうか。

私が途方に暮れていると、蝶がひらひらと外へ飛んでいき、すぐに葉室さんから電話が来た。

『どうした。よくできている……。トラブルか』

「あ、えっと、トラブルというか――」

私が引っ越し業者が捕まらないことを説明すると、葉室さんがため息をついた。まるで引っ越しのピークそのものが私の責任だと糾弾するようだった。

『ちょっと待ってろ。一旦切るぞ。すぐかけ直す』

「え？」

本当に切った。そして本当にすぐにかけ直してきた。

『善治郎さんが車を出してくれる。明日の朝には来てくれるそうだ。段ボールも持ってくるから、おまえは持っていきたいものだけ選んでおけとよ』

翌日、本当にトラックと共にやって来た善治郎さんと葉室さんのおかげで、あっという間に荷造りを完了した。引っ越しってこんなに早くできるものなんだ。善治郎さん、段ボール箱を三つ重ねて軽々と運んでる。よく目をこらして見てみると、先日の烏天狗よりも大きな身体の霊体が見えた。巨大な体躯《たいく》と隆々とした筋肉を誇る赤銅色の肌。くすんだ金色の髪はばさばさで、太い二本の角が突き出していた。まなじりがつり上がった恐ろしい顔をして、獰猛《どうもう》な牙を生やしている。身体は半裸で、腰巻きだけしか身につけていない。やっぱり善治郎さんの正体は〝鬼〟なんだ……。

実はこのとき、もうひとつ私にはある変化が起きていた。

それは、星降り温泉の「いざなぎ旅館」に行ったことで起きた変化だ。

もともと霊感があってあやかしが見える体質ではあったが、ぼんやりとしか見えないときもあった。しかし、どんな作用かはわからないが、先日いざなぎ旅館から家に戻った辺りから能力が強くなりだしていた。今朝からは常時、あやかしが一段とはっきりと見えるようになってしまったのだ。

当然、善治郎さんの姿も、一度、鬼に見えてしまうと鬼の姿が消えなかった。なるべく人間としての善治郎さんの姿に意識を向けるように心がける。

鬼というと昔話の桃太郎以下、絶対的に悪役だと思っていたけど、いい鬼っていうのもいるのだろうか。いまのところ善治郎さんが〝悪い鬼〟には見えないけど。

葉室さんの姿はといえば、人間のままだった。

なんとなく安心したのもつかの間、じっと葉室さんを見ているうちに、別の存在が二重写しに見えてくる。オレンジや黄色の光を放つ翼だ。これは鳥だろうか。

しかし、善治郎さんのように完全にあやかしとしての正体があるわけではないみたい。一体どういうことなのだろう。こんな人は初めてだった。

すると急に葉室さんが振り向いて、目が合ってしまう。

「どうした、おまえ。顔色悪いけど、車酔いか」

「な、なんでもありません」

思わず顔を伏せると、そわそわとした気持ちが湧き上がった。

なにこれ。ちょっと変な誤解を与えていないだろうか。

気になって葉室さんをちらりと窺うと、そっぽを向いていた。これはこれでイラッとするのはなぜだろうか。

するると、おもむろに葉室さんが、

「そうだ。これやるよ」

と、真っ白い仔猫のようなものを私の鼻先に近づけた。三角の耳が頭の上でちょこちょこ動いている。木の葉型のふさふさした尻尾がたれていた。仔猫かと思ったけど、ひょっとして狐？

つぶらな瞳が私を見つめている。

「か、かわいい……。」

ちょっと頬に触れてみる。温かい。あやかしだけど、ちゃんとした動物のような体温を感じさせるなんて不思議だ。つぶらな瞳で私をじっと見つめている。もう少し撫でてみると、くすぐったそうにする仔狐が私を見て笑った。

「この子は？」

「大旦那がおまえにって。善治郎さんが連れてきたんだけど、荷物運びで忙しそうだから俺から渡しておく」

葉室さんが肘をつく。このかわいい仔狐を見てもなんの感慨もなさげだった。

「あ、ありがとうございます」

ふわふわの毛玉のような白い仔狐を抱っこする。仔狐は安心したのか、私の腕の中で丸くなった。

「もともとは大旦那が稲荷大明神から預かっている眷属《けんぞく》の狐が本体なんだけど、詳しいことは俺にもよくわからない。大旦那の話では普通のペットと同じように接すればいいって言ってたから、そんなふうでいいんじゃないか。あと、仕事中もつれてきていいって。むしろ連れてきといたほうがいい」

「そうなんですか」

「よくわからん。大旦那がそう言ってるからそれを伝えただけだから」

渡したからなと、葉室さんが念押しした。これからのことを思い、この仔狐は癒しにちょうどいいなと考えた。まずは名前を決めてあげよう。

そうこうしているうちに、善治郎さんのおかげで引っ越しの荷物の搬入はあっという間に終わった。

善治郎さん、葉室さんと一緒にトラックに乗って私も出発する。

両親が手を振っていた。私も手を振り返す。

静姫、一千万円の借金を返済し、無事に帰ってまいります……。

遠ざかるお父さんとお母さんの顔と見慣れた風景を眺めながら、心のなかでは売られていく仔牛の歌が流れていた――。

星降り温泉「いざなぎ旅館」は、長野県の南部に位置する隠れ家的温泉宿だ。名前の通り、満天の星が素晴らしく、私が教授から受け取ったチラシの通り、環境省にも認められている星空の温泉だった。

「夜になったら、星空の鑑賞会を開くのも旅館の大事な仕事だ」

「具体的には、どんなことをするんですか」

「館内放送を入れてお客さまを誘導する」

と、葉室さんが「いざなぎ旅館」の館内を案内しながら教えてくれた。

いま、私は従業員用アパートの自室へ大きな荷物を善治郎さんに運んでもらっている。善治郎さんは人間ではないけど男だから、女性用アパートにひとりで立ち入ってはいけないということで、最初は立ち会っていた。ところが、私が引っ越してきたと聞いた板前の絵里子さんが、ここでぼーっと見てても時間がもったいない、立ち会いは自分がするからと代わってくれたのだ。

おかげでいま、私は葉室さんとふたりきりで（正確には胸元に真っ白ふかふかの仔狐を抱きかかえて）旅館のなかを見学させてもらっている。

私は小さなノートにメモを取りながら葉室さんの話を聞いていた。仔狐を抱いているのでなかなかメモが取りにくい……。

「誘導するとき、気をつけることはありますか」

　と、私が尋ねると、葉室さんは面倒そうにため息をついた。

「まあ、最初は周りの人を見てればいいよ。一応説明だけしておくと、誘導は、じっくり静かに星空を鑑賞したい方、家族や友達同士でわいわいと楽しみたい方が一緒にならないように」

「はい」大事なことだ。メモメモ。

「ちなみに、曇りや雨の夜は、室内でプラネタリウムを投影をする。大抵は宴会場になるけど、その準備も仕事だ」

「なるほどですね」天気ばかりはどうしようもないものね。それでもプラネタリウムでできる限りお客さまの期待に応えようとする旅館の姿勢は素晴らしいと思う。

「あとお客さまのなかにはもうひとつ別の目的で来ている人もいる」

「別の目的、ですか」

「陰陽師・土御門泰明の星占いだよ」

「へえ〜。すごいですね」

　大旦那が陰陽師となれば、星空には別の役割が生まれる。それは、陰陽師・土御門泰明の星占い。もともと、陰陽師の世界には暦道という暦を読む分野と、天文道という星を読む分野がある。実は天文道は、あの安倍晴明が引き継いだものだということで、安倍晴明の子孫である泰明さんも得意としているのだそうだ。

「大旦那の占いは結構人気だよ。占い目当てで来るお客さまも多い。人間も、あやかしも――」

「あやかしまで占ってあげるんですか」

陰陽師という世界に初めて踏み込んだ私にとっては驚きの連続でもう少し詳しく聞きたかったが、葉室さんはあまり関心がないのか、すたすたと歩きながら次の説明に移ってしまった。

館内の大体の構造、客室や宴会場、大浴場に露天風呂、家族風呂、その他、従業員の事務室やリネン室などを早足に説明する。

「いま見せたのが〝人間フロア〟な。これとほぼ同じような内容だけど、〝あやかしフロア〟もある」

「〝あやかしフロア〟ですか」

思わず声が沈んでしまった。まだ踏ん切りがついていない自分が少し歯がゆい。

葉室さんは髪をかいてため息をついた。

「ま、そっちは仕事がはじまってからでもいいや。外行くぞ」

「え、いいんですか」

「そんなに〝あやかしフロア〟に行きたいのか」

「いえ……。あ、でも仕事はがんばります」

私の決意にさほど感銘を受けた様子もなく、葉室さんは歩きだした。

ロビーから外へ出る。少し冷たい風が頬に心地よかった。

葉室さんの説明は続く。

「星空を満喫するためには、旅館の周辺に人工の明かりがないほうがいい。だから、うちの旅館の周りは桜や紅葉、松みたいな立派な木々に覆われ、車道や付近の建物からの光を遮っている。見ての通り、街灯のような高い照明はなし。夜になると備え付けのスポットライトで建物を下のほうから照らす」

「あ、そうでしたよね。私が『いざなぎ旅館』に来たときも、オレンジ色の温かい光に照らされてました。いいですよね、なにか温かくて」

葉室さんは不思議そうな顔で私を眺めた。

「ふーん」

「私、なにか、変なこと言いましたか」

「別に。そろそろ荷物は運び込まれたかな」

従業員用のアパートは旅館の裏にある。男性用と女性用の二棟だ。通いでもいいのだが、山中で夜道が危険だしなにより従業員であれば家賃はなしなのだから、ほとんどみんなアパート住まいをしていた。

女性用アパートの前まで来ると、善治郎さんがまるでお年寄りのように腰を叩いていた。

「あー、重かった。全部運び込んだからね」

「こうして見ると本当におじいちゃんなんだか〝鬼〟なんだかよくわからなくなってきますよね」と、私の代わりに立ち会ってくれていた絵里子さんが苦笑している。

「ありがとうございました」

と、私が頭を下げると善治郎さんが手を振ってひょこひょこと出ていった。絵里子さんも続く。

「明日から仕事。朝は八時半から事務室でミーティング。遅れるなよ」

「はい」

「夕食は厨房でまかないを用意してある。いつでもいいぞ。疲れてるだろうから、今日はシャワー浴びてゆっくり寝とけ」

「あ、葉室さん」と、さっさといなくなりそうな葉室さんを呼び止めた。

「温泉、とかって私も入れるのでしょうか」

葉室さんが足を止めて振り返った。

「ああ、言い忘れていたな。従業員はあくまでもお客さまをもてなすためにいるという経営方針から、昼間とか夕方に旅館の温泉に入ることはできない」

「あ、そうなんですか……」密かに楽しみにしていたのに。

先日の夜は、一千万円の皿を割ってしまったことがショックで結局温泉に入れていないのだ。

「入りたいなら裏からこっそり。誰もいない時間帯を狙うしかないな。あとは休みの日か」

「そうなんですね……」

「どうした。なんだか斜めになってるけど」と葉室さんが怪訝な顔をする。

「大丈夫です」

抱きかかえている仔狐が、私を気遣うように「きゅーん」と鳴いた。

「そういえば、そいつ、名前はどうするんだ」

と、少し唐突な感じに葉室さんが聞いてきた。

「えっと、〝しろくん〟にしようと思います。白いから」

「ふーん。ありきたりだな」

図星なことを葉室さんに言われて、ちょっとむっとする。

葉室さんを見送って、とりあえずの範囲で荷ほどきをするとすっかり夜になっていた。旅館のほうから笑い声がかすかに聞こえる。窓から見上げた星空は相変わらず夢のようにきれいだった。

引っ越しで汗だくになった身体をシャワーでさっぱりさせると、私はしろくんのふかふかを愛でた。癒しのひととき。借金はきついけど、沈んでばかりもいられない。星のきれいなこの場所で、めげずに明日からがんばろう——。

葉室さんに言われた通り、「いざなぎ旅館」に戻った翌日から仕事が始まった。部屋にはまだ段ボールに入ったままの荷物もあったけど、それは休みの日にゆっくりやるしかない。

慣れない着物に着替えた。鏡のまえでチェックしてみる。それなりに似合っていると思うけど、それを楽しんでいる余裕はない。初めての仕事への緊張でめまいがしそうだった。

しろくんが、足下できゅーんと鳴いている。

「そうだったね。しろくんも連れていかないといけないんだったね」

普通の人の目には見えないらしいから問題ないだろうし。しろくんは頭がいいようで、わざわざしつけるまでもなく私のあとについてきてくれた。私を時々追い抜いてはぴょこんと跳ねる。私が追いつくのを待って、また歩きだして、ぴょこん。ふかふか、かわいい。

勝手口から旅館に入り事務所に行くと、男女合わせて十人くらいの従業員がいた。年齢は私より若そうな女性がひとり。彼女がいちばん年下だろう。だいたい私より年上の人が多い。葉室さんも板前の絵里子さんもいた。

私の能力は相変わらずだだ漏れ状態で、やたらとよく〝見えた〟けど、葉室さん以外はみんな、ごく普通の人間に見える。

しかし、先日の泰明さんが教えてくれた話によれば、ここにいる人たち全員があやかしを見ることができるのだという。意外な気持ちがした。見たところ、ごく普通の人たちばかりなのに。

八時半少しまえに善治郎さんがやって来た。霊能を使って霊視すれば巨大な鬼、肉眼で見れば痩せて小柄なにこにこしたおじいさん。このギャップが今のところいちばん強烈だ。

その善治郎さんの後ろに、涼しげな顔つきで泰明さんが立っている。泰明さんの姿を見ると全員が背筋を伸ばした。

「どうしたんですか」と、隣の葉室さんに聞いてみる。

「大旦那が日の出ている時間に自分の部屋から出てくることはほとんどないんだよ」

「そうなんですか」

「いろいろ修法をしてこの宿を霊的に守っているらしいけどな。だけど時々こうしてとがある」

大旦那が陰陽師の力を使って人型に念を込めて、さも本人が現れたように出てくるこ
「どういう意味ですか」

葉室さんが少しいらいらしたようにため息をつく。「ざっくり言えば、大旦那は自分の部屋にいながら分身をいまここに飛ばしているってこと」

それも滅多にないことらしい。だから、みんなやや緊張した面持ちになったのだ。

「はい、みんな、おはよう。今日からまた仲間が増えるんで、仲良くやってね。じゃあ、静姫ちゃん、みんなに自己紹介して」

おお、いつの間にか〝ちゃん〟付けになっていた。

「は、初めまして。今日から働かせていただきます藤原静姫と申します。大学では英文学を専攻していました。旅館のお仕事は初めてなのですが、がんばります。よろしくお願いします」

みんながまばらに拍手する。葉室さん以外の全員が笑顔なのが救いだった。

すると、泰明さんが微笑みながら口を開いた。

「そういうわけで、彼女はこういう仕事は初めてだからいろいろわからないこともあるだろう。だから——」みんな、教えてあげてくれと続くのかと思ったら、それ以上のセリフが続いた。「葉室くん。今日から彼女の教育係だ」

「はぁ⁉」と、葉室さんが分身とはいえ泰明さんを目の前にしながら、とんでもない声をあげた。

「そんな話、聞いてないんですけど」

葉室さんを泰明さんはさらりと無視する。

「うん。言ってなかったからね」

「じゃあ……」

「だから、いま言った。よろしくね」

泰明さんの目が光ったように見えた。後ろを振り向くと、明らかにふてくされた顔の葉室さんが「分かりましたよ！」と天井を仰いでいた。

そのあと、善治郎さんの仕切りで今日の宿泊予約数の確認、食物アレルギーの確認をする。旅館とは、こういうことを内部で打ち合わせているのか。

さらに、今夜の天気について確認。星降り温泉なのだから、お客さまは当然、星空目当てだ。夜空が晴れかどうかは大問題なのだ。今夜は快晴で、星を見るにはとてもいいらしい。私は初めてこの宿に来た夜に見上げた天の川を思い出した。

「それじゃ、次。あやかしのお客さまの予約人数確認――」

と、善治郎さんが指をたっぷりなめて紙をめくった。渦丸《うずまる》、名季尼《なきに》、猿王未《えんおうみ》、葛尾《くずお》などといった聞き慣れない名前や、小天狗、河童、鳥のあやかしなど、あやかしの種類が載っている名簿だった。やっぱりこの旅館は人間だけの場所ではないんだな……。

朝礼が終わると、泰明さんの身体はかき消すように消えていった。あとには人のカタチに切られた白い和紙があるだけ。これが人型というらしい。本当に分身を飛ばしていたんだ……。

みなが仕事に取りかかる。私は立ち上がって葉室さんの前に立った。

「よろしくお願いします」

と、改めて挨拶する。愛想笑いも忘れない。ところが、葉室さんはふいっと横を向いて立ち上がった。いや、なとなくわかっていたけどさ。いきなり横向くのはひどいんじゃないの？

そんな人の気も知らないで、葉室さんは仕事をはじめた。

「掃除からはじめる。ぞうきんとかのある場所教えるからついてきて」

葉室さんには愛想という概念はないらしい。ついでに、挨拶という考え方も。

大股ですたすたと事務所を出ていく葉室さんのあとを、私は小走りで追った。

少し歩いて掃除用具置き場へ。そこで掃除用具の入った小さなカートを取り出す。ぞうきんを何枚か補充する。ぞうきんは二種類あって、白と黄色。白いぞうきんは一般的な掃除用で、黄色いぞうきんはトイレ用だった。

しかし、わからないことだらけだった。

「先に宴会場や廊下、廊下のトイレなど、共用スペースを掃除する。今日の分担は三階南側な」

「三階南側……」

復唱したが、どこかわからない。私が頭の上にはてなマークを浮かべていると、葉室さんがずいっと流麗とした美顔を寄せてきた。ち、近い……。そして不機嫌そうな声で説明する。

「普通の人間フロア。例外もあるけど、北側とついたらあやかし側だと思え」

ぶすっとした様子でも美しいって一体……。

「は、はい……」と答えながらも、私は葉室さんの美しさに動悸が止まらなかった。お願い、早く離れて……。

北側の人間フロアと南側のあやかしフロアを行き来する場所は館内にいくつかある。いちばんわかりやすいのは朝礼をした事務所で、両方の受付に抜けることができた。それ以外では北側と南側をつないでいる場所は数カ所しかない。そのどれもが、ドア一枚で隔てられていた。人間側から見た扉には「関係者以外立入禁止」と書かれていて、あやかし側から見た扉には「この先、人の子の世界。入るべからず」と書かれている。

三階へ向かいながら、振り向きもせずに葉室さんがぽろぽろと教えてくれた。共用スペースから掃除をはじめるのは、それぞれの客室の退出時間が十時だから。ただし、宿泊がなかった客室は例外。宿泊がなかったとしても毎日掃除はすること。一日でもほこりはつくから――。

話を聞きながら、見た目は不機嫌の塊みたいなのに、真面目に仕事をしているんだなと感心してしまった。しろくんがそんな葉室さんを小首をかしげて見つめていた。

宴会場に着いた。畳敷きの広い部屋だ。ここで夕食を取ったり、プラネタリウムを開催するそうだ。

「畳は掃除機をかけたあとにぞうきん。水拭きでも、から拭きでもいい。水拭きするときは、固く絞ったぞうきんを使うこと」

「はい」

と答えたものの、加減がわからない。流しでぞうきんを濡らして戻ったら、掃除機をかけていた葉室さんから即行でダメ出しをされた。

「これじゃびちゃびちゃだろ。もっときつく絞って。こんな湿ったぞうきんで畳をふいたら、すぐにカビが生える」

「すみませんっ」

「剣道とかやったことないのか。竹刀を絞るようにぐーっと絞るんだよ」

「やったことありません……」

「高校の授業であっただろ」

当たり前のようにそう言ってくる葉室さんに、少々むっとしながら私は答える。

「私の行っていた高校は、男子は剣道必須でしたけど、女子はダンスだったので」

すると、葉室さんは不思議な生き物を見るように私を見た。な、なにかしたでしょうか……。緊張するのでなにかしゃべってほしい。しろくん、助けて……。

しろくんは平和にあくびをしてた。

すると葉室さんがふっと肩の力を抜く。

「そうか。女子だったな。じゃあ、剣道の竹刀を握ったことがないのも仕方がないか。すまない」

と、葉室さんが素直に頭を下げた。こちらこそ信じられないものを見る思いで彼の頭を見つめる。ふてくされた態度で口も悪いけど、仕事は真面目みたいだし、自分が間違ったと思ったらちゃんと謝る。ひょっとしていい人？　そのギャップにちょっと戸惑う。

いや、騙されたらダメよ、静姫。さっきだってさりげなく「女子だったな」と、私のことを男だと思っていたような発言が交じっている。失礼な奴だ。気をつけないと。

先ほどからちょくちょく葉室さんの美しさや、距離の近さにドキドキしているが、なにしろ大学時代に恋愛とあまり縁がなく、それどころかあやかしがうようよいるから合コンはおろかゼミの飲み会も行っていなかった私だ。免疫がないのだといろいろ自覚しなければいけない。新しい場所で心が不安定になっているだけだ。けれど、素直な謝罪は受け取っておこう。

「あ、えっと、こちらこそ……」

そう言うと同時に、葉室さんは下げた頭をバネ仕掛けのように軽やかに戻しながら、付け加える。

「女子なら剣道やったことなくても、ぞうきんがけの基礎くらいは知ってないとまずいんじゃないか。お嫁に行けないぞ」

皮肉っぽく笑った葉室さんに、私の頬はかっと熱くなった。前言撤回。この人をいい人と思ってしまった少しまえの私を殴りたい……。

「別に私、あなたのお嫁さんになるわけじゃないですから」

吐き捨てるように言って、私は流しに戻って力任せにぞうきんを絞った。ありったけの力で絞り上げたおかげで葉室さんには褒められた。

そのあとも、一事が万事、こんな感じだった。

客室では掃除がなっていないと叱られ、布団のたたみ直しもやらされた。

夜になれば客室に布団を用意するけど、その敷き方が美しくないとこき下ろされる。だったらどうしたらいいのかお手本を見せてくれと言ったら、まるで鏡のようにぴしりとシーツを整え、折り目を感じさせないほど美しく仕上げた葉室さんに、ぐうの音も出ない。

別のときには、団体客に出す宴会場の料理を並べ間違えて、わざとらしくため息をつかれた。

食後には、食器を片付ける手際が悪くて舌打ちされた。

細かなアメニティ補充に館内を歩き回っていたら迷子になった。

いつの間にか南側から北側の建物に入り込んでしまい、あやかしに追いかけられて泣きそうになりながら逃げ回った。

涙目で戻った私に葉室さんは、

「まあ、最初のうちだからと思っているけれど……」と、残念な子を見る目でしみじみと言った。「なんて言うか、強く生きろ?」

しろくんは自ら私にすり寄ってもふもふのサービスをしてくれた。ちょっとだけうれしい。

仕事が終わって自分の部屋に戻ると、もうくたくた……。

倒れ込んだ私を心配してか、しろくんが身体の周りをぐるぐる回り、『きゅ〜ん』と鳴きながらこめかみのあたりを鼻でさする。なんという癒し。狐ってコンコンと鳴くかと思っていたけど、違っていた。『シートン動物記』ではケーンケーンだったっけ。

実際のしろくんは白くてふわふわのもこもこ。きゅーきゅー鳴くその姿に、「しろくんだけが私の癒しだよ〜」と顔を押しつけてもふもふを満喫した。明日も頑張ろう……。

一週間たった頃には、南側の人間フロアだけではなく、北側のあやかしフロアにも入り込むべしと仕事内容の追加があった。

「あやかしフロアも、ですか」

「ああ」

と、葉室さんがスマホをいじりながら、めんどくさそうに頷く。

「ま、まだ早くないですか。私、まだ入って一週間ですし！」

まだ烏天狗のことが尾を引いてもいたし、できれば、あやかしとの接触は最小限にしたい。それにほら先日、あやかしフロアに迷い込んで追いかけられて半べそかきましたし。あれこれ言い訳を並べる私に、葉室さんは、

「借金」

「ぐっ……頑張ります――」

ひとことで私は押し黙ることになるのでした……。

とはいえ、あやかしたちが宿泊する北側での仕事も、人間が宿泊する南側と変わら

なかった。普通、あやかしは人間の食べ物を食べられないけれども、この旅館のなかでは事情が違うらしい。刺身やアイスクリーム、炭酸飲料やお酒まで、人間と同じものを食べることができる。そのうえ、あやかし側と人間側がしっかりと分けられていて、あやかしが飲み食いして騒いでも、その騒動が人間側に伝わることはない。

そのことを休憩時間に事務所で葉室さんに尋ねてみた。

「ああ。それは大旦那の力だよ。あの人、昼間は基本的に部屋から出られない人だけど、法力はずば抜けてるからな。あやかしの連中が人間みたいにご飯食べたり酒飲んだり、浴衣着て宴会したりできるように、でも、人間側に影響が出ないよう強力な呪術を施してるんだよ」

葉室さんは冷蔵庫から麦茶を取り出して自分だけ飲んでいる。ここで私に注いでくれないのが葉室さんらしい。

「大旦那さまは、昼間はなにかしているんですか」

葉室さんの横を通って、私も麦茶をくんだ。

「この辺り一帯の磁場が特殊らしくてな。日の出から日没までは大旦那は自分の部屋で呪を駆使してこの地を守っているらしい。――なんだ、おまえも麦茶ほしかったのか」

「まあ、ちょっと喉が渇いたので」

「ふーん」葉室さんがスマホを取り出す。「そう言ってくれれば、おまえの分も入れてやったのに」

ツンデレな反応に、私は「はあ」と頷くだけだった。

冷たい麦茶が喉を潤す。旅館のお掃除って重労働だ。

「入れてやっていらないって言われたらイヤだから」

「はい？」

葉室さんの声がよく聞き取れなかったので聞き返す。しかし、返事はなかった。

しばらく、無言で麦茶を飲む。扉の向こうで子供たちのはしゃぐ声が聞こえた。

「……仕事、慣れたか？」

沈黙に耐えかねたかのように、葉室さんが当たり障りないことを振った。

え、これ私に向かって言ってるよね？　戸惑いながら返す言葉を捜す。

「少しずつですが……」

「温泉は、もう入ったのか」

「いえ……」

また沈黙が続く。

ついさっきまで働いていた仲居さんと温泉で出くわしたら結構気まずいというのはわかるので、お客さまがいない時間帯を狙ってはいたのだけど、慣れない仕事でそれまで起きていられません……。しろくんが私の気持ちに同意するようにきゅんきゅん鳴いて身体をすり寄せてくる。ふわふわがたまらなかった。アパート三食付きの職場だけど、従業員用の温泉浴場がないのは玉《たま》に瑕《きず》かもしれない。贅沢な話ではあるけど。

誰もいないときに入ればいいのかもしれないけど、あいにく、そんな幸運に出くわしたことはまだない。

なんとか私との会話をつなごうとしているのか、葉室さんは続ける。

「星空がきれいなだけじゃなくて、人間たちの間では〝運気がよくなる温泉〟として有名なんだと」

「へえ〜」

そういうのって人気になるよね。私も早く温泉に入らなければ。借金のことも、その前の就活の失敗も温泉に洗い清めてもらいたい。

私がちょっとした希望を胸に抱いていると、葉室さんが呆れ顔になった。

「おまえ、なにも知らないんだな」

「ぐっ……」ひとこと少ないか多いかなんだよね、この人。「ちなみに、なんで〝運気がよくなる〟なんて言われているんですか」

「ほら、大旦那が陰陽師だろ？　日没後なら自由に歩き回れるから、中庭で星空を見ているお客さまに、いろいろしてあげるんだよ」

「いろいろって？」

「いろいろだよ。お祓い、星占い、失せ物捜し、良縁祈願に各種祈祷。別途オプション料金ってやつだ」

そういう葉室さんこそ、大して面白くもなさそうに話している。私は興味が湧いてきたけど。

「面白いですね」

「なにしろ本物だからな。効くよ」

その言い方が、不思議なほど真剣だった。

「葉室さん、大旦那さまには頭が上がらないみたいですね」

そう言うと、葉室さんは目だけ私を見て、話題を変えた。葉室さん、ちょっとイヤそうな顔をしていた。〝これ以上突っ込んだらわかってるだろうな〟と、葉室さんの目が言っている。

「あやかしの連中にも、この温泉は有名なんだよ」

「人間みたいに楽しめるからですか」

「それもある。人間のやっていることに興味があるあやかしもいるし、酒が好きなあやかしはもっといる。要は騒ぎたいだけなんだ、あいつらは」

どこか吐き捨てるような語気だった。葉室さんに目を向けると、また人間と鳥のようなものが二重写しに見える。これは一体どういうことなのだろう。けど、いまはまだ聞いていいタイミングではないような気がした。最初に会ったときにも、肩の辺りの光のことを聞いたのになにも教えてくれなかったのだ。仮に聞いたとしても、黙って話題を変えられてしまうのがオチだろう。私だって聞かれたくないことはあるし。

それに、あやかしを見ることができるという特異な霊能のおかげで、人の顔色を読むことについては長けているつもりだった。ちょっと悲しい癖だけど。

だから、私は表面上の会話に相づちを打っておく。

「あやかしたちにも有名な温泉宿なんですね」

「一応、公式にはこの星降り温泉は江戸時代に発見されたことにはなってるけど、実際にはそれよりもずっとずっと前からあやかしたちは利用していたらしい」

「あ、じゃあ、あやかしたちの温泉を人間が借りている形になるんだ」

すると葉室さんはなぜか眉間にしわを作って私を見返した。なにか変なこと言ったかな……？

「──まあ、そうとも言えなくもないけど。実際、ここの温泉の効能はあやかしにもてき面だから」

「さっき言ってた〝霊力が復活する温泉〟っていう触れ込みですね」

「それもそうなんだけど。物質化しているあやかしには物理的に効く面もあってな」

するとふっと葉室さんが思い出し笑いをこぼす。さっきまでのけだるげな表情が崩れ、不覚にもかわいい、と思ってしまった。

いつもは仏頂面のくせに……。

私は気持ちの動揺をごまかすために咳払いをした。

「ごほん。……そ、それで、どうしたんですか」

「ははは。いや、ちょっとね。善治郎さんなんだけどさ、あの人、従業員用アパートに住んでいなくてもっと山の奥に家があるんだ。それで、毎日原付で通勤してるんだけどさ」

「本当ですか？」

あまりにも意外な話。巨大で屈強な赤鬼が原付バイクにちんまり乗っている姿を想像して私も吹き出しそうになった。

「ああ。それであるとき、カーブを曲がりきれなくて転倒してさ。じいさんの身体だから鎖骨を折っちゃって」

「あらあら」

「医者の見立てじゃ全治二カ月って言われてたんだけどさ。その日から休みをもらって『いざなぎ旅館』に泊まりだして。一日中、かけ湯を骨折した鎖骨に浴びせまくったら三日でつながっちゃったんだよ」

葉室さんが堪えきれないといった感じで笑い出した。いつもの憂いがとれて子供みたいでかわいい。その笑顔にどぎまぎするのを会話で押し隠そうとする。

「えええっ!?　そんなことってあるんですか!?」

私の内心の苦闘など気付かない様子で葉室さんはまだ笑っている。

「あったんだからしょうがないよな。レントゲン撮っても異常なし。ははは。人間の身体してるのにやっぱり人間じゃねえって、みんなで大笑いしたよ」

「すごーい……。鬼の力で治したりしたんじゃないんですか」

「鬼にそんな治癒能力はないよ」

「あの、これ、ずっと気になっていたんですけど、〝鬼〟って悪い奴なんじゃないんですか」

ちょっと失礼な質問かもしれないと思ったけど、勢いで聞いてしまう。

すると、先ほどまでの葉室さんの無邪気な笑顔がすっと消えていった。また悲しくてつらそうな顔に戻っている。

「ああ、普通の〝鬼〟は悪い奴だよ。ただそういうのは大抵、過去にとんでもない悪行を犯した人間が、死んだあと悪霊《あくれい》になり、凶暴さが熟成されて悪霊《あくりょう》になって、鬼になったような奴だ。いわゆる悪鬼だから、始末に負えない」

「そうなんですか」

「ああ。人殺しが好きだった武士とか、妾への嫉妬で心のなかが燃えさかっていた本妻とか、話すだけでなにか寄ってきそうな連中だよ」

そう言うと、葉室さんは少し寒そうに身を縮めた。葉室さんも、話しているだけでなにかが寄ってくるくらいの、霊的に敏感なタイプらしい。

「善治郎さんは、そういう鬼ではない？」

「あの人の場合は、魂がもともと〝鬼〟なんだよ。ただし、いい鬼。仏教の守護神のなかには阿修羅とか、元は鬼神だったものたちもいるだろ？　善治郎さんもそういう系統のひとりだよ」

「はあ……」

ずいぶん難しい話のように聞こえる。

「それに、あの人の顔を見てみろよ。悪鬼みたいな非道なことをするようには見えないだろ？」

想像しようとしたけど、無理だった。せいぜい、暗い夜道で善治郎さんが自分の顔をライトで下から照らして人を追いかけるくらい？　十分重罪かもしれないけど。

「あ、そうですね。ふふふ」

私がくすくす笑いながら麦茶を飲んでいると、葉室さんが不思議そうな顔になった。

今度はなんだろう……。

「ここに来て、久しぶりに笑ったな」

葉室さんはおもむろにそう言って柔らかに微笑む。

「そ、そうですか？」

それは不慣れなことの連続で毎日忙しすぎたからです。特に教育係の方が厳しいものですから……。

「おまえ、その方がいいよ。笑った顔のほうがいい」

「え……」

そんな真っ直ぐ見つめられて言われると、ちょっとドキドキしてしまう。っていうか、ドキドキするなというほうが無理です。

さっきの葉室さんの笑顔だって結構よかったと思います、とでも返せばいいのかしら——。

葉室さんは麦茶を飲み干して、意地の悪い顔になり付け加えた。

「笑ってないとちょっと怖そうだし、実際の年齢より老けて見えるからな」

——わかってましたよ。私の教育係はこういう人間だってこと。

「あーそーですか」

ふてくされる私に、葉室さんはまた笑って声をかける。

「ほら、また。眉間にしわが寄ってるぞ」

「しわも寄りますっ」

そのとき、事務所のドアが大きな音を立てて開いた。善治郎さんだった。さっき善治郎さんの話をしていたら、急に入ってきたのでびっくりした。

「ああ、ちょうどいいとこにいた。静姫ちゃん、ちょっと手ぇ貸してくんねぇか」

「なにかあったんですか」

「ちょっと女湯でトラブルがあったんだ。来てくんねえかい」

「はい」

私が急いで飲み終えた麦茶のコップを片付けようとすると、葉室さんが後ろから声をかけてきた。

「そういえばこれはまだ言ってなかったな」

「なにがですか」

「事務所でもどこでも、この旅館で誰かの話をするときには気をつけるんだよ。ある人の話をしていると、その人がやって来ることが多いんだ」

「はあ」

なにを言っているのかすぐにはぴんとこなかったが、葉室さんはいたって真剣だった。

「あやかしがわんさとやって来るし、安倍晴明の子孫の陰陽師がずっと磁場を守ってるんだぞ。半分現世《うつしよ》、半分常世《とこよ》みたいなものだから」

「それだとどうなるんですか。――あ、ついでに洗いますよ」

葉室さんのコップも受け取る。

「悪いな。――簡単に言えば常世は心だけの世界。心で思ったことがそのまま実現する世界。だから、この『いざなぎ旅館』も思いが通じやすいんだよ」

「それで、噂話をしているとその人が引き寄せられてくるってことですか」

「そうそう。意外に頭いいな」

意外には余計です、なんて思っても口には出さない。

「悪い噂をしてたら気まずいですね。気をつけないと」

「逆に使えば便利なこともある。誰かのヘルプが欲しいときには思いっきり強くその人を念じるんだよ。たいていの人はすぐ来てくれる」

「本当ですか」

割と耳寄りな情報かもしれない。

「ちなみにいちばん捕まえやすいのは善治郎さんな」

「いまも、そうでしたもんね」

そうそう、と葉室さんが苦笑した。さらに付け加える。

「たぶんそれと同じ理由なんだろうけど、結論がすごく早い。いいことも悪いことも自分への報いがすぐに返ってくるから気をつけろ」

「そうなんですね」抽象的でよくわからないけど。

葉室さんは、洗い物ありがとう、とつぶやいて事務所から一足先に出ていってしまった。慌てて葉室さんのあとを追う。

このときはまさかのちに、この情報が重要になってくるとは思っていなかったのだけど。


「いざなぎ旅館」の一階には大浴場と露天風呂が男女それぞれふたつずつある。

当然ながら、ふたつもある理由は人間用とあやかし用を分けているから。

さらに、人間用、あやかし用で家族風呂が檜風呂と岩風呂のふたつずつある。

そのため、旅館全体では大小合わせて十二ものお風呂があることになる。

そもそも建物が南側と北側で違うから交わることはない。よほど勘がいいお客さまか、それこそミステリー作家みたいな人だったら、この旅館の見取り図に不審を抱くかもしれないけど。それもひょっとしたら泰明さんの陰陽師の呪術でなんとかなっているのかもしれない。

善治郎さんが私を連れていったのは、人間用大浴場の女湯だった。

暖簾《のれん》のまえに浴衣姿の女子大生くらいの女性が数人立っている。いわゆる、卒業旅行組だろう。髪がまだ濡れていて、慌てて出てきた様子だった。

「大変お待たせしました」

「ああ、すみません。温泉に入っていたら、なんだかだんだんお湯の温度が下がってきて……」

彼女たちは少し気分を害されたような顔で口々に同様のことを訴えた。

私も「いざなぎ旅館」に来るまでよく知らなかったのだが、温泉には「温泉法」というれっきとした法律による定義がある。さらに、旅館によって、源泉だけでまかなっている温泉もあれば、普通のお湯を足したりしているところもあった。

源泉だけでまかなっている温泉が、いわゆる〝源泉かけ流し〟の温泉と呼ばれる、らしい。「らしい」というのは、人によっていろいろな説があるから。

特にややこしいのが「温泉の再加熱」の問題。

温泉法によれば源泉で摂氏二十五度以上あれば温泉を名乗れるが、二十五度では入浴にはぬるすぎる。

あるいは逆に源泉温度が高すぎて入浴に適さない源泉や、季節などによって温度変動が激しい温泉だってある。

そこで、熱交換器と呼ばれる機械で温度を調整する。「いざなぎ旅館」は、源泉一〇〇パーセントだが、温泉の温度が比較的低いために熱交換器を通していた。

温度のことでクレームとなれば、熱交換器に問題があったのだろう。そういったことを私の横で葉室さんがお客さまに説明する。

お客さまのことは葉室さんと善治郎さんに任せて、私は女湯の状況を確認する。

「失礼します」

と念のために声をかけて暖簾をくぐった。

少し歩いて脱衣所に入る。熱い湿気。ちょうどお客さまはいない。脱衣カゴなど、向きが乱れているところを整えた。

ズボン状になっている着物の裾を膝くらいまでまくり、「失礼しまーす」と声をかけて大浴場に入る。もうもうとした湯気。「いざなぎ旅館」の温泉は、泉質としてはアルカリ性単純温泉だから色も匂いもない。入るとつるつるする美肌の湯です。

脱衣所のカゴのように乱れている湯桶や腰掛けを整えると、湯船のそばに近づいた。

石造りの湯船に湯吐口からこんこんと温泉が注がれ、溢れている。

外はガラス張りになっていて、露天風呂になっている。少し雲が出ているが、青空がよく見えた。

温泉が湯船に注ぐ音だけがしている。

かけ流しの温泉が、湯船の水面を揺らしている。

ゆるゆると揺れる鏡みたい。

覗き込むと、自分の顔が映っていた。ゆらゆら揺れて、伸びたり縮んだり、自分であって自分でないみたい。水は心を落ち着ける作用があるらしいけど、温泉の水面にもそんな効果があるのかな。

とても神秘的で、妙に懐かしい――。

不思議な感覚にとらわれながらも、首を振って仕事モードに戻る。

足の裏に触れる湯の感触でわかった。たしかにぬるい。

念のため手を入れてみようと、しゃがみ込んで右手を湯船に差し入れた、そのときだった。

手に触れた湯が突然、金色に光った。

「えっ!?」

金色の光が私の手を中心に波紋のように広がった。私は驚いて手を抜こうとするが、引き抜けない。

ぬるくなった湯の熱が手を伝って上り、胸に届く。その熱に乗せていろいろな思いが押し寄せ、私の感情を膨らませていく。とろりとした金色の湯のきらめきが私に微笑みかけてくるようだった。

気がつけば、私は涙を流していた。

金色の湯はきらきらと輝き、私の胸に熱を送るのをやめない。

大事ななにか、大切だったなにか。

私が守りたくて、つなぎたかったもの。

届けたかったこの――。


「静姫ちゃん！　どうしたの？」

不意に声をかけられて我に返った。振り向けば白い板前服姿の絵里子さんの仔猫のような目が私を覗き込んでいた。

「え？　あ、絵里子さん？」

声が裏返る。びっくりして私は尻餅をついた。ぬるいお湯でお尻が濡れてしまう。

「あ、ごめん。大丈夫？」

「だ、大丈夫です」

これ以上濡れないように立ち上がる。見れば、温泉の水面は普通と変わらずただゆらゆら揺れているだけだった。あの金色の水面はなにかの見間違いだったのだろうか。

それにしては不思議な感覚だった。あやかしを見ることはあるが、先ほどのはまるで白昼夢を見ているような……。

私が首をかしげていると、絵里子さんがしゃがみ込んで温泉に手を入れた。

「あー、これはぬるいね。入ってたら風邪引くよ」

絵里子さんがお湯をかき回す。しかし、私がさっき体験したようにお湯の色が金色に変わったりはしない。一体なんだったのだろう。

「絵里子さん、どうして」

「ああ。ちょうど大浴場のまえを通りかかったら、葉室さんに呼び止められてね。女湯の様子を見に行った静姫ちゃんが十分近く帰ってこないから、様子を見てきてくれないかって」

そんな馬鹿な。私は慌てて浴場内の防水時計を確認する。時計は先ほどとは明らかに違う時間を示していた。絵里子さんの言っていることのほうが真実らしい。

「す、すみません！　夕食の準備とかでお忙しいところ」

絵里子さんはたったひとりでこの旅館の厨房を切り盛りしている。人数が多いときには私たち仲居がヘルプで入ることもあるけど、それは週末などごく限られたときだけだ。

絵里子さんは長く艶やかな髪をシンプルにひとつにまとめている。色白で笑顔が似合うかわいい女性だった、さらには胸が大きくて足が長くて、本物のモデルのようだ。年齢は私と同じ二十二歳なのだけど、彼女は短大を卒業したあと「いざなぎ旅館」に就職したそうだから、キャリア的には先輩だ。

忙しくなりはじめるだろう時間だけに申し訳なく思い、頭を下げると、猫目をかすかに細めて絵里子さんが微笑んだ。

「いまの時間は私も休憩だから大丈夫。それより、なにかあった?」

絵里子さんはすごくやさしい。国宝級の皿を私が割ってしまったのに、引っ越してきたときには「割れちゃったものは仕方ないんだから、気にするのやめようね」と言って励ましてくれた。その言葉通り、あの事件はおくびにも出さない。それどころか、私が落ち込まないようにいつも笑顔で、なにかと頼れる姉御肌だ。

「あの、さっき、手を入れたら温泉のお湯が金色に変わって……」

「金色?」

私の話を聞きながら絵里子さんは首をかしげた。

「うーん。そんな話は聞いたことがないなあ」

「そうですか。まあ、この宿ならなにがあってもおかしくないのかもしれないけどね」

「ふふ。静姫ちゃん、この旅館に慣れてきたねぇ」

「それっていいことなんですかね」

温泉の色が変わったことは一旦置いといて、改めて温泉の温度が下がっている原因を捜す。念のため、露天風呂も確認してみたけど、やはりぬるい。

とにかく、温泉を復旧させなければいけない。私たちは一度大浴場から出た。お待たせしているお客さまに頭を下げ、善治郎さんからボイラー室の鍵を預かり、微妙に半ギレっぽい葉室さんを無視して、絵里子さんと私はボイラー室へ向かった。

重い扉を開けてなかに入ると、ボイラーが稼働するものすごい音が耳を襲ってきた。蛍光灯をつけると縦横に走る無数のパイプを照らし出す。

音が外に漏れないようにドアを閉め、階段を下りてボイラー室の機械を見て歩く。

「これだけうるさいんだから、ボイラーは、普通に動いているね」

絵里子さんが大声を出す。ボイラーのおかげで普通の声の大きさくらいにしか聞こえないけど。

「うちの温泉って、源泉がぬるいんでしたっけ？」と私も叫び返す。

「うん。源泉だけだと三十五度くらい。だけど、温泉の温度調整が必要な理由は、温度が安定しないからだよ。熱くなったりぬるくなったり。ほら、あやかしのなかには雪女みたいな寒い人もいれば、火車みたいに燃えている人もいるでしょ？　それで温度がばらばらになるんだよ」

絵里子さんが肩をすくめるようにしている。ほんと、他の温泉宿ではあり得ない理由だよね。

「ボイラーが動いているなら、温度調整器があやしいですよね」

「そうだね」

ふたりで奥にある温度調整器を確認する。設定温度モニターは生きていた。しかし、肝心の湯温は上がっていない。周りの機械を、わからないなりに覗き込んでみる。そのときだった。どこかで声が聞こえるような気がする。

「絵里子さん、絵里子さん」

「なに？」

「なにか聞こえませんか」

耳を澄ますと「うわあああー、うわあああー」という誰かの叫び声のようなものがかすかに耳に届く。

「え？」

「なにか、聞こえませんかー？」

首をひねった絵里子さんが、突然、温度調整器の横にある、ボイラーのスイッチを切った。ボイラーが停止し、余韻を残して轟音がなくなった。

「これで聞こえるようになった」

「切っちゃっていいんですか？」

しばらく耳がじーんとしていたが、すぐにさっきの声が聞こえてきた。

「うわあー、うわあー」

小さな女の子の声のように聞こえる。

「静姫ちゃんの言う通りだ。なにか聞こえる」

「人間、は隠れられませんよね」

温度調整器の周りであることは間違いない。温度調整器は、ボイラーで加熱した熱水を温泉のパイプの周りに走らせて、熱水の温度を温泉に引き渡す。そのため、いろいろなパイプ類が走っているのだが、さすがに人間が隠れていたらすぐにわかる。

「あ、いた」

と、パイプ類の下のほうを覗いていた絵里子さんがつぶやいた。私も覗き込む。手のひら大くらいの小さなあやかしが配管に引っかかっている。

どうやら配管の下をくぐろうとして引っかかったようだ。

そのせいで温泉の加熱がうまくいっていなかったのかもしれない。

うつ伏せなので顔はよくわからないが傘のようなものをかぶっているようだ。旅館の浴衣と羽織姿で、じたばたしている。服が少し大きいのか、手足が出ていないのでクリオネかなにかがジタバタしているようにも見えた。総合すると、笠をかぶって羽織を着たクリオネ？　そのまんまじゃないか……。

「あやかし、ですね」

「あやかしだねえ」

「うわああー、うわあああー……。む、そこにいるのは人の子か。あたしが見えるのか」

笠をかぶったクリオネさんは、話し方はともかく、「あたし」と言っているので女の子のようだ。クリオネさんには一大事なのだろうが、たぶん人間が引っ張ればすぐに助け出せそうなのであまり慌てた気持ちにはならない。

「まあ、一応……。『いざなぎ旅館』の仲居なので」

「そ、そうか。すまない。ちょっとここに引っかかってしまったのだ。助けてくれ」

もがけばもがくほどクリオネさんははまってしまうような気がするので、とりあえずじっとしてたほうがいいように思った。しかし、待ちきれない笠をかぶったクリオネさんは、まな板の上の生きている魚がぴちぴち跳ねるようにじたばたしている。

「どうやって入り込んだんですか」

「朝方、機械の点検に人の子が開けたときに入ったのだ。早く助けてくれ」じたばた。

「はいはい」

配管の下でもがいているクリオネさんを引っ張る。小鳥みたいな華奢な感じだった。

「いたいいたいいたい！　身体がちぎれる！」

笠をかぶったクリオネさんが、みょーんと伸びる。うわ、すごっ。

しかし、意外と深くまで引っかかっているのか、出てこない。

「あ、ごめんなさい」

反対のほうから引っ張ろうとしたがダメだった。

「ううっ、あたしはここでこのまま朽ち果てていくのか……」

あやかしが世をはかなんでいる。ちょっと初めてのタイプのあやかしかも。

「絵里子さん、どうしましょうか」

「うーん、管を外すわけにもいかないし」

しばらく考えていた絵里子さんが、腰のポケットから小瓶を取り出した。中に黄色みを帯びたバターのようなものが入っている。

「それはなんですか」

「鶏油《チーユ》」

「ちーゆ、ですか」

「大量の鶏の皮をフライパンで加熱して取った油なんだけどね」

「はあ」

なぜか絵里子さんが少し恥ずかしそうに説明していた。

なんでそんなものを持っているのだろう。

「なんでそんなものを持っているのだろうって思ったでしょ？」

「あ、いや……」

絵里子さんがしゃがみ込み、瓶を傾ける。半分固形の状態の油を指に取った。

「ちょっとぬるっとするかもだけど、我慢してね」

配管に引っかかっている小さなあやかしに、絵里子さんが瓶の中身をぬるようにす

てしまうのでは……。

クリオネさんがものすごくじたばたしている。そんなに暴れてはまた深く挟まってしまうのでは……。

「うわあー、なにをするー。きゃははは。くすぐったい」

る。

「ちょっと我慢してね」

黄色のバターのような鶏油を塗ったあやかしの身体を、絵里子さんがもう一度引っ張る。

するとあやかしはつるんと滑って抜けて、ボイラー室の床にべしゃっと音を立てて突っ伏した。

絵里子さんが立たせてあげると、大変なことがわかった。笠のようなものをかぶっていると思っていたのだが、そこに素朴な目と口がある。つまりこれが顔なのか。となると、笠をかぶったクリオネさんというより、きのこみたいな頭のクリオネさんのほうが正しいようだ。きのこ頭のクリオネさんは、油を振り落とすように両腕を上下に動かしていた。

「ううぅ～、あたしの身体がべちゃべちゃになってしまった……」

やはり女の子のようで、しきりに油を気にしている。

「あ、お洗濯は私たちがしますから」

「それよりも、なんであなた、こんなところにいたの?」

と、絵里子さんが質問する。首をちょこちょこ傾けて、なんだかそわそわしている?

クリオネさんが油まみれの袖を気にしながら答えた。

「捜し物をしていたのだ」

「捜し物?」

「そうだ。とても大切なものなのだ」

絵里子さんがボイラーのスイッチを復旧させる。うおーんという始動音のあと、またボイラー室全体が騒音に包まれた。びっくりしたあやかしが飛び上がる。

メーターを確認すると、すぐに湯温が上がりはじめた。やはりこのきのこ頭のクリオネさんが挟まっていたせいで、ボイラーが止まってしまっていたらしい。

耳を押さえているあやかしに、絵里子さんがボイラーの音にかき消されない大きな声で説明した。

「そういうときはまず旅館のスタッフに相談してください! おかげでボイラーがおかしくなって温泉がぬるくなってたんですよ! 今度やったら大旦那に言ってお出禁にしちゃいますからねっ」

小さなあやかしはこくこくと頷いて、私にしがみついた。

「外へ出してくれ。ここはもううんざりだ」

と、私がそのあやかしを持ち上げたとき、私は絵里子さんを見て目を見張る。

「はいはい」

「絵里子さん、その頭……」

黒髪の絵里子さんの頭の上に、かわいらしい小さな三角の耳が生えていた。私の部屋で飼っているしろくんの耳とは違う。強いて言えば、猫耳。やだ、かわいい……。

絵里子さんが笑った。

「ふふふ。びっくりした？　静姫ちゃんも知っている通り、ここの従業員たちって、みんなあやかしが見えたりするでしょ。私の場合は、見えるだけじゃなくて、かかるんだ」

「〝かかる〟？」

どういうことだろう。このまま大声で話し合うのも大変なので、私たちはボイラー室から出た。鍵をかけて振り返ると、絵里子さんの頭の上にあった猫耳が、まるで寝癖を直すように消えていった。

「ありがとう、人の子よ。でわ、あたしは捜し物があるので、失礼する。とうっ」

と、クリオネさんは私の手から飛び上がって、廊下を走り去っていった。ちゃんと北側のあやかしフロアにいてほしいのだけど、大丈夫かな。

きのこ頭のクリオネさんと入れ替わるようにしろくんがやって来て、私の足下で甘えた。さみしかったのかな。

あやかしを見送ると、絵里子さんがちょっとはにかんだ。

「さっきの猫耳のことなんだけど」

「はい。とってもかわいかったです」

もとが猫目できれいな絵里子さんに猫耳。とてもよく似合っていた。私は真剣に言ったのだが、なぜか絵里子さんは吹き出した。

「ぷっ……はは、あははは――」

「私、なにかしましたか？」

絵里子さんが首を横に振っている。

「ううん。猫又って知ってる？」

「名前だけは」

「猫のあやかし。すごくざっくり言えば化け猫なんだろうけど。私はその猫又が憑依する体質なの。まあ、普段はあやかしが見えるだけなんだけど、必要なときには猫又を自分の身体にかからせることができて」

「そうなんですか」

自分の意志でコントロールできるなんてすごい。私は絵里子さんの頭部、猫耳があった辺りをしげしげと見つめた。いまは形のいい絵里子さんの頭があるだけで、とても猫耳が生えていたようには見えない。

「さっきの鶏油は、猫又を呼び出すための特別製。ほら、化け猫って行灯《あんどん》の油をなめるでしょ？」

「聞いたことあります」

障子の向こうで大きな化け猫が行灯の油をなめている影が映って、それを見た人が「化け猫だぁ」と驚くやつだ。

「さっきあの油を使ったから、その匂いで少しだけ〝かかって〟きちゃったんだ。匂いだけだから耳だけだけど」

「へえ〜」

「本当に猫又を〝かからせる〟ときには、あの鶏油を舐めるのよ。そうすると、耳だけじゃなくて、目つきももっと猫っぽくなってしゃべり方も変わるし、手からは長い爪も生える。まあ、もともと猫って肉食だから江戸時代の食事じゃ動物性タンパク質が足りなくて、当時、鯨油だった行灯の油をなめて栄養補給していた影響らしいんだけどね」

絵里子さんに猫又が完全にかかった姿を想像してみる。猫耳で爪が長くて、きっとしゃべり方は「〜にゃ」とかになるのでは。それ、とてもかわいいと思います。

「すごーい……」

私が感心しているとまた絵里子さんがくすくす笑いはじめた。

「ふふ。面白いね、静姫ちゃん」

「どこがですか」

ごく普通に生きているだけなのに。

「私の猫又憑依を見て、かわいいとか言った人は、ここの従業員でも初めてかも」

「そうなんですか」

「あとは大旦那さまかな。まあ、大旦那さまにはそもそも猫又憑依の出し入れの仕方を教えてもらって救ってもらったし」

私の反応なんかより、そちらのほうがよほど大きな話ではないか。

「救って、もらった？」

「猫又の力をコントロールするのが大変でね。たぶん葉室さんも同じようなものだったと思うんだけど」

「葉室さんもですか」

「うん。あの人の場合は私よりもいろいろ入り組んでいるんだけど……。あ、そろそろ厨房戻らなきゃ」

詳しく聞きたいなら、葉室さん本人に聞いてねと言い残して絵里子さんが去っていった。

ボイラーが動きだし、程なくして温泉が温まった。湯加減を確認すると、先ほどの女子大生たちがロビーで待っていたので、もうご入浴できますとお知らせする。お客さまはお礼を言って、改めて大浴場のほうへ歩いていった。夕食のときに、迷惑をおかけしてしまった女子大生たちには一品サービスできないか、絵里子さんに相談しよう。

ちなみに先ほど湯加減を確認したときには、私ひとりだったけど温泉の表面が金色に変化するようなことはなかった。

誰かに相談しようにも、単なる見間違いの可能性も否定できないし。結局、私は自分の持ち場に戻ることにした。葉室さんに相談しようかとも思ったけど、なにかの見間違いだと、ひとことでおしまいにされそうな気がするのでやめておこう。

私と葉室さんは、館内のいろいろなところに飾られている切り花に水をやりながら、ゴミを拾ったり照明が切れていないか点検したりする。南側の建物を見て回るのに躊躇はないが、北側のあやかしフロアとなると私にはまだ少し気合いが必要だった。

私が深呼吸をしていると、先に南側に入った葉室さんが怪訝な顔をする。

「おい、どうした。行くぞ」

「はい」と返事をして続く。

「関係者以外立入禁止」と書かれた扉をくぐって南側の人間フロアから北側のあやか

しフロアへ行くと、なんだか自分が生きたまま常世に入り込んでしまったような不思議な感じがいつもしていた。

西洋の有名な霊能者が、「死者の魂と話ができるということは、そのとき、その人自身も死者になっているのだ」と言ったそうだが、言い得て妙だと思う。

あやかしフロアといっても、建物は外観も内装も人間フロアと変わらなかった。あやかしのお客さまにも、人間と同じように温泉宿を楽しんでもらい、霊力を回復させるための場所だからだ。

葉室さんと一緒にあやかしフロアの切り花に水をやっていると、通路の向こうからきのこ頭の小さなあやかしが走ってきた。

よく見れば、先ほどボイラーに引っかかっていたきのこ頭のクリオネさんだった。羽織や着物の柄が「いざなぎ旅館」の備品と違うのは、私物に着替えたからだろう。

走っていたあやかしは私を見つけると、ずさささーっと滑るようにして急ブレーキをかけた。

「おお、そこにいるのは先ほどの人の子。世話になった」

人なつっこく話しかけてくるきのこ頭のクリオネさんに、しろくんが「きゅーん？」と小首をかしげる。

「この小さいきのこみたいなあやかし、知り合いか？」

と葉室さんが小声で聞くので、先ほどの説明をした。事情がわかった葉室さんは、「ふーん」と小さく頷いている。

きのこ頭のクリオネさんはぴょんぴょんと跳ねて私に問いかけた。

「ところで、人の子、暇か？」

きのこ頭の素朴な顔立ちは表情に乏しいのでどんな感情なのか判然としないが、機嫌は悪くないような声だ。

「お客さま、なにかございましたでしょうか」

と、葉室さんが身をかがめるように対応する。あやかしといえども、お客さまだからね。

クリオネさんがじっくりと葉室さんを見つめて、首をかしげた。

「おぬし、誰じゃ？」

葉室さんがこめかみの辺りをひくつかせている。

「こ、この旅館の従業員でございます」

きのこ頭のクリオネさんは手を叩いた。

「ほう。従業員か。それはそれは失礼した。ちょっと捜し物をしていての」

「この女性も従業員ですが、あいにくまだ見習いで仕事に慣れていませんもので、きちんとお役に立てるかどうか。詳しいものをお呼びしましょうか」

葉室さんがそう言うと、クリオネさんの動きがふと止まった。

「そっか……」

と、きのこ頭がうなだれる。

小さなきのこ頭のクリオネさんがうなだれている姿がなんだかかわいそうで、私は葉室さんを遮った。

「なにかお困りのことがありましたか？」

「うん？」

と、クリオネさんが私を見上げた。

すると、葉室さんが声を荒くした。

「おまえ、あやかしが見えても、苦手なんじゃないのか」

「ええ、まあ……」

それを言われると弱いところだった。

葉室さんがクリオネさんに聞こえないようにひそひそと続ける。

「あやかしフロアに来るのも苦手なんだろ？　こいつらの話は面倒なことが多いから関わらないほうがいいと思ってわざわざ俺が言ってやってるのに」

「あ、ありがとうございます……？」

思わずお礼を言ってしまった。

「俺だって面倒くさいのはごめんだ」

と、葉室さんが付け加えた。うん。これでこそ葉室さんだよね。

あやかしが見えたことで、いいことなんてほとんどなかった。それどころか、就職活動に失敗したのもこの能力のせいだ。あやかしと関わらないで済むならそれに越したことはないと思っていたから、「いざなぎ旅館」で働くことにも最初は逃げようとしていた。働きだしてからも、あやかしフロアを敬遠していたのもその通り。

しかし、困っているような相手を無視するかどうかはまた別の話だった。とりあえず話を聞くだけ聞いてあげてもいいのではないか。

そう思えたのには、先ほどの猫耳絵里子さんの姿を見たことも影響していた。あやかしを敬遠するとなれば、猫又が憑依する体質の絵里子さんのことだって敬遠しなければいけない。そう考えたときに、私の考え方がずいぶん自分勝手で偏っていたような気がしたのだ。

私はクリオネさんの目線に合わせるために、しゃがみ込んだ。すると、彼女は両手を大きく掲げるようにして挨拶した。

「おお、すまない、人の子よ。あたしの名前は綾葉《あやは》という」

「はい。私は藤原静姫です」

私たちが名前を名乗り合うと、信じられないものを見るような目で葉室さんが私を見た。なにか言われるかと思ったけど、葉室さんは「勝手にしろ」とそっぽを向いただけだった。

「あたしは落とし物を捜している。あちこち走り回って捜しているのだが、まるで見つからない。目が違えば見つけられるかもしれない。静姫とやら、手伝ってくれぬか」

落とし物捜しならそんなに大変ではないだろう。どのみち館内を歩き回るのは仕事のひとつでもあるわけだし。そんなふうに考えて、私は気軽に頷いた。

「いいですよ」

とうとう葉室さんがくちばしを突っ込んだ。

「おまえ、安請け合いするなよ。もっとちゃんと話を聞いて、自分にできるかどうか考えてから返事しろって」

「まあ、そうかもしれないけど……」すでにきのこ頭のクリオネさん——綾葉は、これで見つかったとばかりに、しろくんと一緒に小躍りしている。「少しだけ。少し手伝うだけだから」

「ふん。こういうあやかし相手に、そういう中途半端なことはよくないんだぞ」

「だったら、ちゃんと最後まで捜します」

勢いあまって大見得を切ってしまったが、私の心配をよそに、綾葉は嬉々として落とし物について話しはじめた。

「昔、いまと同じように、この宿で湯治をしに来たのだ。そのときに、いまのおまえたちのように、あやかしを見える人の子がいたのだ。名前はカジワラタダシと言ったかな。従業員ではないぞ。同じく温泉に来ていた人の子で、まだ子供だ。左の頬にほくろがある」

「それはいろいろと珍しいですね」

まず、あやかしが見えることも珍しい。さらに、あやかしが見えたとしても人間フロアとあやかしフロアは交わらないようにしているのに、あやかしと接点を持ち得たことも珍しい。

「時々あるのさ」と答えたのは葉室さんだった。「子供の頃は心の汚れが少ないからあやかしが見える人間はいる。大人になると見えなくなってしまうけれどもな。それに子供は警告を無視してあやかしフロアへの扉をくぐってしまうことがある」

「ああ、なるほどですね」

綾葉が続ける。

「友達になったカジワラタダシは、帰り際にあたしにお守りをくれたのだ」

「どんな形のお守りだったんですか」

「ごく普通の、神社で売られている錦の布を使ったお守りだ。ずっとあたしが持っていたが、返してやりたい」

「返してやりたいって、その男の子に会えるんですか」

「あたしもいつ会えるのだろうかと思っていた。しかし、一週間前、この宿に久しぶりに来たときの夜、ここの大旦那が占いをしてくれたのだ」

「それで、会えるって出たんですか」

私が尋ねると、綾葉はゆっくりくるくると駒のように回転した。

「ここの宿の大旦那は凄腕の陰陽師だというではないか。その陰陽師の力で占ってくれたのだ」

喜んでいるみたいだ。

「大旦那の占いなら外れてはいないだろう」

と、葉室さんが小声で教えてくれた。

「カジワラタダシは男の子のくせにさみしがり屋の泣き虫だったからな。あたしがちゃんと会ってあげないといけないのだ」

綾葉は相変わらず回転しながらふんふん言っている。しろくんもその周りを一緒に回っている。

「で、その大事なお守りをどこかに落としてしまったんですね?」

綾葉の回転が止まった。きのこ頭の素朴な顔がちょっと涙目になっている。

「そうなのだ。そして残念なことにあたしには時間がない。明日には仲間たちと共に宿を引き払うことになっているのだ」

綾葉とその仲間の住む場所は遥か西にある森だそうだ。森へ帰ってしまったら、カジワラタダシに会うことは不可能だろう。

「それは、結構難しいかもしれない……」と葉室さんがひとりごとのようにつぶやいた。「神社で普通に売っているお守りが落ちていたら、誰かが拾って受付に持ってくるだろ？」

「まあ、たしかに……」

いまのところ、そういった落とし物の連絡は、ない。

「せめてどの辺で落としたかくらいわかるといいのだけど」

顔をしかめている葉室さんの声が聞こえ、綾葉がしょげる。さっきまでくるくる回って喜んでいた綾葉が、しょぼんと肩を落としている姿はとてもかわいそうだった。

「葉室さん、私、綾葉の捜し物を手伝います」

「え？」

「仕事はきちんとやります。けれども、その他の時間でお客さまのために行動してはいけないなんて就業規則はなかったはずです」

葉室さんはびっくりしたような顔で私を見つめた。

「おまえ、変わってるな」

「ふふ。私が変わっているなら、この旅館の人はみんな変わってますよ」

ため息をつきながら頭をかいていた。「大旦那みたいなこと言いやがる」

「え？」

「なんでもない」と葉室さんがそっぽを向いて歩きはじめた。「なにしてる。早く行くぞ」

「どうしたんですか」

「どうしたもなにも、捜すんだろ。落とし物のお守り」

「手伝ってくれるんですか？」

葉室さんが不承不承《ふしょうぶしょう》という感じで頭をかいている。

「俺はおまえの教育係だから、一緒にいなきゃいけないからな。それが合理的な考え方ってもんだろ」

もう一度、葉室さんが、行くぞと声をかけた。

「──はいっ」

葉室さんが手伝ってくれる。ただそれだけのことが、すごく心強かった。

私は綾葉を手のひらに乗せると、小走りで葉室さんのあとを追った。

すっかり日が暮れた。太陽は西の山に隠れ、夕焼けの名残だけが空に残っている。

東の空はさっそく深い青の夜がせり上げ、早くも星々がきらめきはじめていた。

「見つかんないですね」と私。

「これでも気合い入れて捜したつもりなんだけどな」と葉室さん。

しろくんがきゅーんと鳴いた。

綾葉は私の肩に座ってうなだれている。

「本当にどこへいってしまったのだろう」と嘆いていた。

「そろそろ夕食の配膳をしないといけないだろ」

葉室さんが事実上の撤収宣言をしたときだった。背後からどこか楽しげな男性の声がした。

「やれやれ。日没まで部屋を出られないというのは時にじれったいものだね」

「泰明さん！」

上の階からの階段を下りて、大旦那の泰明さんが私たちの後ろに立っていた。いつも通りの微笑みだが、身につけているものが部屋にいるときとは違う。黒い烏帽子に白い狩衣。いわゆる平安時代の衣裳だった。このまま『源氏物語』とかに出てきそうなくらいに上品な姿だった。

「そういえば、静姫さんはこの時間は宴会場や布団敷きに忙しくて、私がこの格好になったのを見るのは初めてだったかな」

「は、はい――」

泰明さんの涼しげな顔つきは、部屋で和服姿のときとほとんど変わらない。しかし――強い。そばにいるだけでびりびり来るほどの霊威がある。正直なところ、いまのいままで安倍晴明の子孫の陰陽師と言われてもぴんと来なかったのだけど、この姿を見たら納得した。

「今夜も中庭で占いやお祓い、祈祷をすることになっているんでね。あやかしフロアから行けば、館内のお客さまに見つかって騒がれることもないしね」

「なるほどです」

「で、そこの綾葉さんの捜し物が見つからないんだったね？」

まるで天気の話をするような言い方で、泰明さんがずばり状況を言い当てた。

「おまえ、大旦那の能力を分かってないだろ。昼間、部屋に閉じこもりっきりと言っても、旅館の中で起きていることや、従業員たちが考えていることは、その気になれば全部把握できるんだよ」

イヤミっぽくいう葉室さん。そういうことはもっと早く教えてほしい。わかっていれば、もう少し緊張感を持って仕事をしたのに……。

私の肩の上から綾葉が、泰明さんを見て喜びの声をあげた。

「おお、おぬしは陰陽師ではないか。ちょうどよかった。このまえ、おぬしに占ってもらったのだが覚えているか」

泰明さんはどこかの誰かさんとは違い、綾葉ににっこり微笑んで答えた。

「もちろん。〝昔懐かしい人が貸してくれた大切なものを返すべきとき〟と占いましたね」

「うんうん。ところが、その返すべきものをなくしてしまったのだ。静姫と一緒に探したのだが、いまだ見つからない。どうだろう。おぬしの陰陽師の力で見つけることはできまいか」

綾葉のお願いに、泰明さんより先に答えたのは葉室さんだった。

「いや、俺たちふたりがずっと捜してて見つからなかったのは事実ですけど、大旦那の手までわずらわせることはしません。そうでなくても、これから儀式で大旦那は霊力を使うんですし」

葉室さんがきっぱりした口調で言うと、泰明さんが苦笑していた。

「ははは。法水はうまいね。そんなふうに言われると、かえって力を貸してあげたくなる」

「え?」と葉室さんが目をむいている。「いや、俺はそんなつもりでは」

「ふふふ。私がただ天邪鬼なだけだよ。さて、小さなあやかしさん。名前はたしか、綾葉だったかな? 中庭の祭壇で見てあげよう」

喜ぶ綾葉と頭を抱える葉室さん、少しあっけにとられている私を引き連れて、泰明さんが中庭へ向かった。

夜の中庭での星空観察は、大きく分けて三つに分けられる。

ひとつめは、夜空の星をじっくり楽しみたい方向けの場所だ。時間になったら周囲の明かりを消して最大限、星々に集中してもらうために、建物から少し遠くなっている。今日も望遠鏡やカメラを持ち込んでいる人が結構いた。

ふたつめは、夜空を恋人同士や家族連れで楽しむ場所。ここはみんなで夜空を楽しむところなので、星座早見盤を配ったりした。明かりを全部消すようなことはしない。仲居のなかで星に詳しい人がガイド役をしたりする。

三つめが、外から見ると白い天幕に見える場所だ。なかに入ると天井がない。星の力、陰陽師的には天文の力を引いてきて、秘儀を行う。そのため、天幕の奥には祭壇が作られていた。ここで泰明さんが占いやお祓いなどを行うのだそうだ。

いま、泰明さんはこの祭壇のまえに私たちを連れてきた。ろうそくで照らされた祭壇は、それだけでも十分過ぎるほど神秘的だった。

泰明さんが私に問題を出した。

「この科学万能を謳う時代に、やれ陰陽師だ、やれ占いだと、人によっては馬鹿にもするだろう。信じられない、ただの気休め、ご都合主義、なんとでも言いたくなるかもしれない。しかし、人は霊的なもの、スピリチュアルなもの、神秘的なものを求める。なぜかわかるかい？」

「よく、わかりません――」

「人間の心のなかにはこの星空よりも大きな心のなかの宇宙があるからさ」

「心のなかの宇宙、ですか」

私は自分の胸の辺りに銀河があるさまを想像してみた。私の理解を遥かに超えた、途方もない神秘だった。

「だからこそ、過ぎ去った人生の出来事や物事に意味を与えて、新しい大切な宝物にすることができる。いかなる科学にもＡＩにも真似できない人の心の光だよ」

「はあ……」

このときの泰明さんの話は私にはちょっと難しかったのだけど、あとで振り返ってみれば、その通りだなと思える言葉だった。

「さて、おしゃべりばかりではいけないね。失せ物捜しは陰陽師の本懐だからね」

泰明さんが祭壇にぬかずいた。神社によくある白い紙がたくさんついた、幣《ぬさ》と呼ばれる棒で何度か邪気を祓う。泰明さんの所作には無駄がなく、ひとつひとつに強い霊力がこもっていた。耳元でびんびんと空気が震えるみたい。普段の涼しげな微笑みは怜悧な面立ちに隠されていた。まなざしは星を見つめるようにどこか遠くを見ていて、ただかっこいいだけじゃない、神秘的な雰囲気を纏っている。

泰明さんが幣を置き、柏手を何度か打った。四方に息を吐き、しゃがみ込んで大地に触れる。再び立ち上がるとまた柏手を打ち、合掌の姿勢になった。

「清水の音羽の滝に願掛けて、失せたる守りのなきにもあらず」

泰明さんが唱えたのは失せ物捜しの呪文だった。「失せたる」のあとに、見つけたいものの名称を入れて唱える。今回は、お守りだから「守り」と入れたのだろう。

しばらく沈黙――。

私の肩の上の綾葉が、ごくりとつばを飲み込んだ。風が木を揺らす音がかすかに聞こえる。他のお客さんたちの声はなぜか聞こえなかった。

「――紺色の錦地のお守り。捜していたのはこれではないのか」

と、泰明さんがその美しい唇からつぶやくように声を漏らす。それを聞いて綾葉が手を叩いた。

「それだ、それだ！　どこにあるのだ？」

これまで綾葉は錦地のお守りとは言ったが、色は言っていなかった。その色を当てたのだから間違いない。

泰明さんが右手の掌をまえに突き出し、辺りをかざす。まるで掌でなにかを見ているかのようだ。

「これは——あやかし側の旅館の玄関付近かな。ああ、急いだほうがいい。夜目の利く鴉《からす》のあやかしが狙っている」

「ありがとうございます！」

と、泰明さんへのお礼もそこそこに、私は綾葉を肩に乗せたまま祭壇を飛び出した。

あやかし側の玄関に行くには、中庭をぐるりと回り込むか、一旦旅館の人間フロアに入り、人間フロアの玄関である表玄関から外へ出て回り込むか、どちらかしかない。

いずれにしても遠い。急がなくっちゃ。

星空を楽しむために中庭へ出てくる人たちに謝りながら、私は人の流れに逆流して旅館を走った。旅館の建物を通る道を選んだけど、中庭を回り込んだほうが良かったかもしれない。

表玄関を出て、走る。相変わらずの運動不足で息が切れそうだった。

あやかし側の玄関が見えてくる。そのときだった。夜空にもかかわらず、鴉の鳴き声が聞こえた。普通の鴉なら鳥だから夜目は利かないだろうから、こんなところへやってこない。本当に、泰明さんが占った通りだとしたら、あの鴉はあやかし。つまり、夜目が利く。

「あった！　ありましたぞ、静姫！」

綾葉が大喜びで私の肩から飛び出した。

「綾葉、危ない！」

鴉の鳴き声がした。星のない、闇空の一部のように鴉が地面すれすれを飛ぶ。驚いた綾葉が倒れる。ぎゃあぎゃあと鴉が鳴く。

『どこのあやかしだ。あれは俺が先に見つけたものだ。きれいな布を持って帰り、巣作りに使おうぞ』

鳴き声が、心のなかで人の言葉に変わる。間違いなく、あの鴉はあやかしだ。

鴉のあやかしが再び舞い降り、足でなにかをつかんだ。

「ああっ、お守りが！」

綾葉の悲痛な声が響く。鴉のあやかしは口に明るい夜空のような紺色のお守りをつかんで、飛び上がる。

「待ちなさい！　そのお守りはこの子のものよ！」

思わず叫ぶ。

『宿のなかなら規則にも仲居にも従う。しかし、ここは宿の外。先に見つけた私のものだ』

夜の闇に鴉のあやかしが羽ばたく。手を伸ばしても届かない。

「綾葉のお守り……！」

そのときだった。

向こう側から真っ赤な炎のようなものが飛んできて、驚いて思わず立ち止まる。紅《ぐ》蓮《れん》の炎のようなものは、左右に開き、上下に動いている。あれは翼の動きだ。それに驚いたのか、空中でぎゃあぎゃあと鴉の鳴き声がうるさく響いた。

赤い炎の間に人の身体が照らし出される。その顔を見て、思わず声が出た。

「葉室さん⁉」

燃える炎を纏った羽を背中から生やした葉室さんは、鴉めがけて飛んでいく。そして空中でお守りを奪い、追い払おうとしていた。

「このお守りは落とし物だ。落とし主が現れたんだから、おまえはどっかへ行け。さもないと、烏天狗の脳天を割る独鈷杵の一撃をくれてやるぞ」

葉室さんがまなじりをつり上げてにらみつける。怒りの表情なのに、えもいわれぬりりしさと頼もしさが感じられた。

鴉はわめきながらばたばたと羽ばたく。葉室さんに挑みかかるようにしていた。しかし、葉室さんが懐から烏天狗を追い払ったときに使った金色の独鈷杵を取り出してみせると、鴉のあやかしは葉室さんから離れた。悔しげにひときわ大きく鳴いて、西の山のほうへ飛んでいった。

空中に浮かんでいた葉室さんが、ふわりと地面に降りる。その手には紺の錦地の古びたお守りがあった。

葉室さんの背中の炎の翼が消える。

「ほらよ」

と、葉室さんがお守りを綾葉に放る。

「わわっ」

と、慌てて綾葉が受け取った。

お守りも大事なことだったが、もっと大事なことがある。

「葉室さん、さっき、背中に羽が――」

「気のせいだ」

「さっき、空を飛んでましたよね」

「おまえには関係ない」

素っ気なく葉室さんに言い切られた。

「まあ、そうと言えばそうなんですけど……とりあえず、ありがとうございました」

私は深々と頭を下げた。顔を上げると、葉室さんが頬をかいている。

お守りを掲げ持って小躍りしている綾葉を見ながら、葉室さんがため息交じりにつぶやいた。

「ほら、そのお守り、返しに行くんだろ」

綾葉が動きを止める。

「そうであった」

「もう夜だから早くしないと、相手の男の子、寝ちゃうかもしれない」

綾葉の話ではカジワラタダシという男の子だという。

「いま宿泊のお客さままでカジワラというのは一組しかいない。部屋も分かっている。行くぞ」

葉室さんが歩き出す。

「ひょっとして、調べておいてくれたんですか。あ、でも、星空観察に行ってたりしませんかね」

私が尋ねると、葉室さんがイヤそうな顔をした。

「部屋に明かりがついているから、いるだろ。いなければまたあとで行けばいい。おまえ、詰めが甘いんだよ。ただ……」

次に葉室さんが紡いだ言葉は、私にも綾葉にもすぐには理解できないことだった。

葉室さんが教えてくれた部屋をノックすると、若いお父さんが出てきた。

「はい」

風呂上がりらしい、洗いざらしの髪の男の人だ。お父さんだとわかるのは、葉室さんがカジワラさん一家の名簿を見ておいてくれたから。

この部屋にはお父さんとお母さん、七歳のひとり息子の三人で泊まっているようだ。

「あ、梶原《かじわら》様のお部屋でしょうか」

「はい、そうですが」

「以前、こちらの旅館にお泊まりいただいた際、お子さまがお忘れ物をされたかと……」

するとお父さんが首をかしげ、予想もしなかったことを言った。

「いや、うちではないですね。こちらに泊まるのは初めてなので」

「あ」

やっぱり……。葉室さんが無表情でこちらを見ている。

私の肩に乗っている綾葉が身を乗り出す。

「カジワラタダシは、ここにいないのか」

部屋の奥から子供の声がした。

「お父さん、どうしたの？」

目がぱっちりしているかわいらしい男の子だ。七歳ということだったから小学二年生くらいだろう。ちょっと大きめの浴衣の襟が少しはだけている。

「おお、カジワラタダシ！　あたしだ。綾葉だ！　ほら、おまえが次に会うときの約束の証としてあたしに渡したお守りを持ってきたぞ！」

男の子はお父さんの腰の辺りにしがみついていた。

一生懸命に呼びかける綾葉の声は――たぶん聞こえていない。私たちだけが、綾葉の必死の声を聞いていた。私たちに向けられた言葉ではないのに。ちょっと悲しい気持ちになってきた。

先ほど、葉室さんがお守りを取り戻したあとに教えてくれたこととは、今日泊まっている梶原一家に、〝タダシ〟という名前の子供はいない、ということだったのだ。

「それじゃ――」

と、葉室さんが私を促す。しかし、綾葉はあきらめない。

「カジワラタダシ！　一緒に中庭を走り回ったじゃないか。かくれんぼもした。旅館をあちこち探検して回っただろ。あたしは覚えているぞ。おまえ、忘れてしまったのか――？」

綾葉の声は男の子には伝わらない。

そのとき私はあることに気づいた。

ほくろがない。

カジワラタダシの特徴として綾葉が上げていた左頬のほくろ。

それが目の前の男の子にはないのだ。

やはり、なにかの間違いなのだろうか。

しかし、綾葉の必死さを見ているとただの間違いや勘違いとはとても思えない。

「あの、このお守りなのですが、見覚えないですか」

私は古いお守りをお父さんと男の子に見せた。

「さあ……」

けれどふたりは本当に知らないようで、首をかしげる。

「ちなみになのですが、〝カジワラタダシ〟さんという方は——？」

その名前を出すとお父さんが驚いた顔をした。

「カジワラタダシというのは私の父の名前です」

「ええっ？」

それには私だけではなく、葉室さんも驚いていた。男の子が「チチって？」と聞き、

「じいじのことだよ」とお父さんが教えている。

「お客さまの、お父さま……」

「ええ。実は先月亡くなりまして……。亡くなった父が生前に、どうしてももう一度行きたいと言っていたのがこの星降り温泉だったんです。なんでも七十年くらい前に遊びに来て、ここで友達ができたって」

「友達……」

「ええ。どんな人かは教えてくれなかったんですが、とても大切な友達だと言ってい

て。たしか、とってもきれいなどんぐりをもらって大切にしていたのだけど、結婚した頃になくしてしまったって残念がってて」

「あの、そのお友達の名前とかってご存じですか」

私の質問にちょっとだけ首をかしげたが、そのお父さんは教えてくれた。

「名前は――アヤハとか言ってたかな」

名前の響きからして女の子かもしれませんね、とお父さんが笑っていた。

私の肩で、綾葉が小さな肩を震わせて泣いている。


亡くなってしまったため、おじいさん――梶原忠史《ただし》さんにお守りは返せなかった。

落ち込む綾葉をあやかしフロアへ戻すために廊下を歩く。中庭から家族連れの歓声がまだ聞こえてきた。

「綾葉さ、以前この旅館に来たのって、七十年も前だったんだな」

と、葉室さんが、それを先に言えよとばかりの口調になる。すると、綾葉が再びふるふると泣きはじめた。

「知らなかったのだ」

「なにを?」

「あたしは自分たちの森でほんの少しだけ過ごしたつもりだったのだ。それが人の子の世界では七十年もの時間がたち、カジワラタダシがもう死んでしまっていたなんて、知らなかったのだ――」

あやかしにとっては一瞬の時間が、人の子にとっては何十年もの時間になっている現実を、綾葉は悲しんでいた。

私は胸が詰まった。立ち止まり、綾葉を掌に乗せて見つめた。綾葉が、仮面越しにも悲しげに私を見上げているのがわかった。

「綾葉……」

どんな言葉をかけたらいいかわからない……。

綾葉がしゃくり上げた。

「本当は、さみしかったのは自分のほうなのだ。人の子の友達に、会いたくてたまらなかったのはあたしのほうなのだ」

綾葉の気持ちが伝わってきて、心がきりきりする。そのとき、ふとある疑問が心をよぎった。

「泰明さん、どうして今日会えるって占ったのかしら」

綾葉も思いがけない疑問だったようで、泣きやんだ。葉室さんがため息をついた。

「大旦那だって人間だ。たまには間違えることもあるんじゃないか」

「でも、お守りが落ちている場所はずばり言い当てたじゃないですか」

「まあな……」

私までため息が出た。

「あやかしと人間って、すれ違っちゃうんですかね」

葉室さんはそのときはなにも答えなかった。綾葉を部屋まで送り、私とふたりであやかしフロアから事務室へ戻るときになって、葉室さんが途中で立ち止まった。

「おまえさ、この星降り温泉がどんな場所か、知ってる?」

「〝運気がよくなる温泉〟ですよね。あやかしや神さまたちには〝霊力が復活する温泉〟だって」

「いまはな。そうじゃなくて、そもそもの大昔の話」

「それは知らないです」

すると葉室さんは階段の踊り場で壁に背中をつけて、こんな話をしてくれた。

──何百年も昔の話。まだ、人間たちとあやかしの世界が重なっていて、人間にあやかしが見え、あやかしも人間の世界を気軽に訪れ、お互いに交流できた頃の話……。

あやかしの青年と人間の娘が恋に落ちた。

しかし、人間とあやかしの交流は許されていても、恋は許されていなかった。村人たちはふたりの恋を咎め、ふたりを山奥へ追い詰め、殺そうとした。

現世で報われないなら、せめて来世で――。

あやかしの青年は持てる力を振るって大地を裂き、娘と固く抱きしめ合いながら地中深くへ身を投じた。ふたりを飲み込んだ大地は、人間とあやかしの報われぬ恋を守るように固く閉じた。

やがて、ふたりを飲み込んだ場所から、ふたりの涙のように水が湧きはじめた。初めはただの清水と思われたが、やがて湧き水は亡きふたりの恋の炎に熱せられたように湯となった。

それがあやかしたちに伝わる温泉の本当のいわれである……。

大勢の人間やあやかしが温泉と星々を楽しんでいるこの場所にそんな過去があったなんて、私は知らなかった。廊下を楽しそうにかける音は人間のものだろうか、あやかしのものだろうか。

葉室さんが髪をかき上げた。そのきれいな瞳にたくさんの星が映る。

「この温泉がどんなにいい効能を持ってても、人は死ぬし、あやかしは疎まれる。結局、あやかしも人間も報われないってことさ。それはおまえだってこの旅館に来るまでの人生でイヤってほど味わってきたはずだ」

「そんな……」

葉室さんはシニカルに言い切るが、私はどこか納得できない気持ちだった。

たしかに葉室さんが言う通り、これまでの人生であやかしが見えたことでプラスになったことはまずなかった。でも、心のなかでなにかが違うと言っているのだ。突然、昼間、温泉の水面が金色に変わった光景が思い出された。

私が、とにかくなんでもいいから言い返そうとしたとき、葉室さんが私の顔を見ないで告げた。

「半分、あやかしの血が流れているんだ」

脈絡がない、さらに言えば現実感もない言葉に、私の思考が止まる。「え？」

すると葉室さんが吐き捨てるように言った。

「俺のなかには半分あやかしの血が流れているんだ。さっきの伝説と一緒で母親が人間で父親があやかしなんだよ」

「葉室さんの、お父さんが？」

「鳳凰とか、不死鳥とか、ご大層な種類のあやかしだよ。だから、俺はその力をある程度使うことができる。さっき、鴉のあやかしからお守りを奪い返すとき、俺の背中に炎の翼が生えているのをおまえも見ただろ？」

「あれ、やっぱり見間違えじゃなかったんだ……」

「当たり前だろ。――小さい頃は力のコントロールがうまくできなくて、お袋に迷惑をいっぱいかけた」

さっき、絵里子さんが、自分の猫又憑依よりも葉室さんの事情のほうが込み入っているると言っていたのは、このことだったのだろう。

「いま、お母さんは——?」

葉室さんは左右をにらむようにしてから答えた。

「死んだよ。五年前に——」

「そう、だったんですか……」

葉室さんが虚空をにらんでいる。

「俺のせいさ。俺がいなければ、お袋はあんな苦労の多い人生を選ばなくて良かったんだ。そうしたら、きっと長生きできてたはずなんだ」

「葉室さん……」

一瞬垣間見えたどうしようもない孤独さを覆い隠すように、葉室さんが付け加えた。

「そんなときに、大旦那に拾われたんだ。だから、大旦那には感謝してもしきれない」

葉室さんが人間フロアへ戻る扉を開けた。なにかを、ひとことでもなにかを伝えたい——。

「あの、葉室さんのお母さん、わからないですけど、葉室さんのせいだなんて思ってないと思います」

葉室さんは背中を向けたまま軽く手を振って、人間フロアへの扉をくぐった。

その夜、私は不思議な夢を見た。

枝垂《しだ》れ桜の咲いているなだらかな丘で、私はみんなと輪になって踊っている。みんなというのは人間たちであり、あやかしや神さまたちだった。素朴な手拍子と歌と踊り。私はなぜか白い衣裳を着ていて、首からいくつもの勾玉《まがたま》を下げていた。

『巫女さま、巫女さま。魚を捕ってきました』

『巫女さま、山菜を採ってきたの』

私たちは踊るのをやめて、子供たちが持ってきてくれた食べ物をみんなで分けて食べた。

『おいしいね』

『みんなで食べる、おいしい』

『うむ。うまい』

人間もあやかしも神さまも、笑顔で食べ物を食べている。

少し離れたところに、温泉があった。私の目には、その温泉は金色の光を放っているように見える……。

それは、とてもとても古い時代の出来事。

朝、目が覚めたとき、なぜか私は泣いていた。しろくんがしきりに私の頬をなめている。

朝礼のあと、私は葉室さんにお願いして、あやかしフロアの清掃を先にさせてもらうことにした。

朝のあやかしフロアは賑やかだ。

宿を引き払うものたちが、最後に一風呂浴びたり、廊下で談笑したり、荷造りをしたりしている。

私は、葉室さんをせかすようにしてずんずんと進んだ。

あやかしフロアの受付で、チェックアウト状況を確認して、先を急ぐ。目指すは綾葉の泊まっている部屋だった。部屋の入り口をノックすると、人間の膝の高さくらいの身長のあやかしが出てきた。すでに「いざなぎ旅館」の浴衣と羽織から、私物に着替えている。綾葉と同じ衣裳、同じようなきのこ頭のあやかし。仲間と一緒に来ていると綾葉は言っていたが、このあやかしがそのひとりなのだろう。

「なにかご用ですか」

「えっと、『いざなぎ旅館』の仲居の藤原と申します。綾葉さんはいますか」

私がそう呼びかけると、部屋の奥から綾葉がやって来た。

「静姫か。いろいろ世話になったな」

心なし、声に張りがない。

やはり落ち込んでいるようだ。

その小さな姿は、あやかしが見えることでひとりぼっちだったこれまでの私自身と同じに見える。

ふと、夕べ見た夢が思い出された。

みんなで手をつないで踊り、食事を共にした。

とても楽しくて、幸せだった。

人間もあやかしも神さまも、ばらばらじゃいけないんだって、あの夢が教えてくれているように思えた。

私はポケットからあるものを取り出し、綾葉の前にしゃがむ。

「綾葉、もうすぐ出発ね」

「うむ」

「カジワラタダシさんがもう亡くなっていて、悲しかったね」

「うむ……」

綾葉の声が湿り気を帯びた。

私は思い切ってこう言ってみた。

「ね、綾葉。私と友達になりましょう」

綾葉の仮面の目が驚きで丸くなったように見える。

「静姫……」

「またこの旅館に遊びに来てね。ああ、でも、私も人間だから早めに来てくれないと会えなくなっちゃうからイヤだよ？」

綾葉が驚いたような声を出した。

「静姫……」

綾葉はしばらく呆然としていたようだが、ふと我に返って懐からどんぐりを出した。この子の身体の大きさから見ればとても大きい。

「とてもきれいなどんぐりね」

「うむ。あたしの宝物だ。昔、カジワラタダシにもやった」

「あっ……」昨日、そんな話を聞いたのを思い出した。

「静姫、おまえにやる。友達の証だ」

綾葉が私の掌にどんぐりを乗せた。

「いいの？」

「うむ。カジワラタダシには会えなかったけど、静姫という新しい友達ができた。その記念だ」

「綾葉、ありがとう」

私はポケットから取り出したものを綾葉に渡す。あのお守りだった。

「静姫……?」

「これは綾葉がずっと持っていてあげるといいわ。人間の生命は短い。でも、綾葉が忘れない限り、カジワラタダシさんの思い出は色あせることはないのだから」

私が笑顔でそう言うと、綾葉が突然泣きだした。

「おお、おお……」

きのこ頭のつぶらな瞳がどうしようもなく涙でぐしゃぐしゃになる。相変わらず手が出ていない袖口で目元を何度もぬぐっていた。しろくんが、綾葉を心配して首元ですりすりしている。

「大丈夫?」

すると、綾葉はこう言った。

「ここの陰陽師の占いわ間違っていなかった。おぬしの笑顔、昔会ったカジワラタダシにそっくりだった」

「綾葉……」

「私は静姫のおかげで、これからも好きなときにおぬしの笑顔にもカジワラタダシの笑顔にも会えるのだな……」

綾葉の言葉に、私も涙が浮かぶ。

「ええ、そうよ」

だから――もう寂しくなんてないよね？

「ったく、とんだご都合主義だな」と、葉室さんが肩をすくめた。「けど――おまえはよくがんばったと思う」

「えっ？」

「――なんでもない」

私は夕べ聞いた泰明さんの言葉が胸をよぎっていた。

『過ぎ去った人生の出来事や物事に意味を与えて、新しい大切な宝物にすることができる。いかなる科学にもＡＩにも真似できない人の心の光だよ』

笑顔で宿をあとにする綾葉たちを、私は見えなくなるまで見送った。新しい友達からもらった、小さなどんぐりを大切に握りしめながら。

第二章　豆柴のおつかい

綾葉たちを見送った日の夜、私は自分の部屋に戻るとノートパソコンであれこれ検索していた。なにを検索していたのかと言えば、葉室さんから聞いた星降り温泉の言い伝えについてだった。「星降り温泉　由来」「星降り温泉　伝説」「あやかし　温泉」など、いろいろな検索をかけてみたが、それらしい伝説のようなものはヒットしない。あっという間に一時間が経ってしまった。ネットは恐ろしい。

「あー、わかんない」

と、私は椅子の背もたれに身体を預けて手足を伸ばした。

「きゅー、きゅー？」

と、同居人のしろくんがふわふわもふもふの身体で私の机の上に飛び乗ってくる。心得たもので、ノートパソコンやマグカップなどの危険物に飛び乗ったりはしない。さすが、稲荷大明神にお仕えする狐が本体なだけある。

そんなありがたいしろくんを、私はいつも情け容赦なく抱きしめてすりすりする。

「ねー、しろくーん。この星降り温泉になんだか悲しい言い伝えがあるらしいんだけどさぁ。しろくんはなにか知ってる？」

すりすりをやめてしろくんのかわいい顔をみつめると、やさしいつぶらな瞳と目が合った。

「きゅーん……？」

と、しろくんが小首をかしげる。愛らしくて、かわいい。

「わかんないよねぇ」

と、しろくんを小脇に抱えたまま、ベッドに倒れる。

時計を見れば、もう日付が変わっていた。

世の中、しろくんみたいなふかふかもふもふのあやかしばかりになればいいのに。そうすれば喧嘩もないし、癒しに満ちた世の中になるはずだ。

葉室さんみたいな仏頂面の人だって、群れなすもふもふ相手なら笑顔になるかもしれない。

あの人、笑顔なら結構かわいいのに。このまえ、善治郎さんの骨折と常軌を逸した治癒について話したときの思い出し笑い、よかったと思う。普段の葉室さんのどこか陰のある感じがまったくなくて、無邪気そのもの。もともとの端整な顔立ちのいいところがストレートに出ていて、大変魅力的だった。

ああ、でもすべてのあやかしがもふもふばかりになったら、葉室さんはもふもふと人間のハーフになっちゃうのか。その場合、葉室さんにしろくんみたいな狐耳が生えるのだろうか。それはそれでかわいいかも。ふふふ……。

その日の夜は、狐耳のもふもふと楽しく踊る夢を見た。

翌日は朝から気を抜くとあくびが出た。

夕べ、遅くまでネットを見ていて眠りが浅かったのかもしれない。

葉室さんに見つかったらたるんでいると怒られるので、背筋をしゃんと伸ばす。その反動で、葉室さんが見えないところであくびを噛みしめる。

なんとか午前中の仕事は一段落させた。しかし、「いざなぎ旅館」はお昼ご飯も用意するからまだ気が抜けない。

昼食の時間が終わってやっと休憩に入るべく事務所に向かっていると、突然誰かに腕を取られた。何事かと思ってみると、絵里子さんだった。

「静姫ちゃん、ちょうどよかった。葉室くん、この子ちょっと借りるわね」

「絵里子さん!?」

いつもの白衣を脱いでデニムとシャツという動きやすい格好になった絵里子さんに、私は連行されていく。いつもの猫みたいなつり目とは全然違う。眉も目も険しい角度で持ち上がり、歯を噛みしめるようにしていた。鬼気迫る、という言葉がふさわしい。鬼は善治郎さんだけど。その迫力に、葉室さんが「あ、ああ……。気をつけて」とただ見送ってくれた。しろくんが大慌てで私についてくる。

問答無用で白のワゴンの助手席に放り込まれる私。このワゴン車は、絵里子さんが買い出しで使っていて、通称「厨房車」と呼ばれていた。助手席のドアが大きな音を立てて閉められると、絵里子さんが運転席に飛び乗ってくる。

「絵里子さん、これからどこへ」

「シートベルト締めて」

ワゴン車が急発進した。お客さまが通らない道を選び、山道を縫っていく。車を持っていない私は久々の〝下界〟だったが、シートベルトを締めてしがみつくのが精一杯だった。風景を楽しむ余裕もない。びゅんびゅんと景色が流れていく。

「あの、絵里子さん」

「しっかりつかまっててね。下手にしゃべると舌噛むよ」

大変なドライブだった。猛スピードで山間の道をひた走る。対向車線も含め、他に車が通っていないからいいようなものの、右に左に走り続けるとさすがに酔いそうになる。その間にも情け容赦なく私の身体は振り回された。しろくんを抱えながら、シートベルトに必死にしがみつく。猫又憑依しているんじゃないかと絵里子さんを確かめようとして窓ガラスに頭をぶつけた。アニメなどで、猛スピードで走る車が道路から軽くジャンプするシーンを自分が体験するとは思わなかった。

激走すること十五分。町に入るとさすがに絵里子さんもまともな運転になった。

すでにしろくんは私の膝の上で目を回している。

「一体なにがあったんですか」

「夕飯の材料が足りないのよ。ったく、善治郎さんは！　予約の追加や当日客で急に食数が増えたらすぐに知らせろって言ってるのに。あの鬼番頭！」

絵里子さんがトレードマークの猫目をつり上げてお怒りになっていた。やっとわかった。どうやら私は追加の買い出しの荷物持ち要員として連れてこられたらしい。スーパーや魚屋さんなどを何軒も回り、買い物をしていった。その都度、絵里子さんとふたりで両手にビニール袋や段ボール箱に詰めた食材をワゴン車に積み込む。買い物だけで一時間くらいかかった。

まだ三月のインターン中だというのに、ずいぶん長いこと「いざなぎ旅館」にこもっていたような気がした。なにしろアパートは旅館から歩いて一分の職住近接だったし。それに宿は人間フロアだけではなく、あやかしフロアまである。純粋に人間だけの世界に戻ってきたのはかえって不思議な気持ちだった。

その頃には絵里子さんの機嫌もだいぶ直ってきた。

「よーし、これで足りないものは全部買った。ありがとね、静姫ちゃん」

「いいえ。これをいつもひとりでされているんですか。大変ですね」

「ううん。『いざなぎ旅館』はお昼ご飯を出すから毎日全部を買い出しに出てたらさすがに大変すぎるよ。大抵のものは出入りの業者さんに持ってきてもらうんだ」

買い物を済ませて帰路につく。もう十五時になっていた。

「これから宿に戻ったらぼちぼち夕食の準備ですよね」

「そう。あー、今日は休憩時間なかったな。まあ、静姫ちゃんとドライブできたからよしとするか」

首をこきこき鳴らしながら、絵里子さんがぶーたれる。

「あんまり無理しないでくださいね。私、なにかお手伝いしましょうか」

「ありがとう。私こそごめんね。急に連れ出しちゃって。静姫ちゃんこそ休憩なしになっちゃったね」

「私も久しぶりの外出で気分転換になりましたから」

絵里子さんの機嫌も直ったし、帰りはゆったりドライブになるだろう。南信州の美しい景色を堪能できる……と思っていたら、甘かった。

町を出て山道に入ると、ハイエースのエンジンが唸った。再び常識と法定速度を逸脱したスピードで山間を行く。ちらりと横を見ると、絵里子さんは不機嫌という顔ではなかった。どうやらこのスピードは通常運転らしい。私としろくんは揺れる車内で必死に踏ん張る。何度か舌を噛みそうになった。よい子は真似したらいけません。

もうすぐ「いざなぎ旅館」に着くというときだった。

「うおっとぉ！」

絵里子さんが男らしい声をあげた。急ブレーキをかけ、ハンドルを激しく切る。強烈な重力がかかり、シートベルトに身体が食い込んだ。

「きゅきゅーん」

「どうしたんですか!?」

しろくんが吹っ飛び、思わずこちらも悲鳴のような声になる。

「あっぶなかったぁ」

と、絵里子さんが息を吐き、車から降りた。私もあとに続く。外へ出ると新鮮な山の空気と共にゴムが焦げたにおいが鼻をついた。地面には急ブレーキでできた黒い線が生々しく刻み込まれていた。まるでやけど痕のようだった。

「なにがあったんですか」

と、車の前方に歩いていった絵里子さんに声をかける。絵里子さんはアスファルトにかがみ込んでいた。

「こら。ダメじゃないか。急に出てきたら引かれちゃうこともあるんだぞ?」

何事かと絵里子さんのそばに近づくと、絵里子さんがお説教している相手が見えた。

「あ、かわいい。柴犬の仔犬」

そこには、ふかふかの豆柴がアスファルトで目を回していた。茶色と白の体毛に小さな三角の耳。背中に風呂敷包みを背負っているところを見ると、どこかの飼い犬でおつかいでもしているのだろうか。

「ほれ。目を覚ませ。こんなところで寝てたら危ないぞ」

と、絵里子さんがつんつんしていた。しろくんも駆け寄って、一緒になって前足でぱしぱししている。

「この子を避けようとして急ブレーキをかけたんですね」

「うん」

つんつんし続けても反応がなかった。口元からちょこっと出ている舌がかわいい。

とりあえず旅館まで運んだほうがよいのだろうかと思ったとき、

「うーん……はっ！」と豆柴がぱちりと目を開いた。

豆柴が起き上がると頭をぷるぷると何度も振る。頭を振りすぎてめまいを起こしたのかまた尻餅をついた。豆柴、もう一度がんばって起き上がり、足に力を入れて今度は少しだけ頭を振る。

「だ、だいじょうぶです。あぶないところ、ありがとうございました」

まだ少し目が回っているようだったが、豆柴が四本の足を踏ん張るようにしてお礼を言った。

「ああ、よかった。――ん？　お礼？　なんでこの豆柴、しゃべってるの!?」

ふわふわもこもこの豆柴が、育ちのいい小さな男の子のように丁寧な言葉遣いで話をしている。私、絵里子さんのドライブで頭打って夢でも見てるのかな。

絵里子さんがごく当然という顔をしている。

「だってこの子、あやかしだもの」

「あやかし⁉」

「うん、あやかし。正確には〝神さまのおつかい〟。ほら、静姫ちゃんのところのしろくんと同じようなものだよ」

どこからどう見てもただの豆柴なのに、小首をかしげてその子は名乗った。

「山のむこうの神社の狛犬の眷属です。名前はとくにありません。お好きにお呼びください。『いざなぎりょかん』におうかがいする途中でした。よろしくおねがいします」

礼儀正しい豆柴だった。


「いざなぎ旅館」はあやかしや神さまも訪れる秘湯だ。霊力を回復させる温泉の力は強力だというのもあるけれど、陰陽師である大旦那の土御門泰明さんの力も絶大だからだそうだ。

どうやら、泰明さんの力は人間やあやかしだけではなく、神さまたちにも頼りにされているみたいだった。

そのため、神社の神さまや力のあるあやかしなどで、持ち場を離れることができない方の場合、温泉にやってくる代わりに自分の眷属におつかいをさせて、泰明さんの呪符をもらいに来たりすることがあるらしい。――これは、豆柴を連れて帰った事務所で、善治郎さんが教えてくれた。

「で、わんちゃんはどうして今日来たんだっけ？」

と、善治郎さんが豆柴に尋ねる。わんちゃん、とはベタである。とはいえ、私もいい呼び名が思いつかないので〝豆柴ちゃん〟としか思い浮かばないけど。

豆柴を見ながら、「……かわいいな」と葉室さんが私の横でぼそりとつぶやく。驚いて葉室さんを見ると、すごく真剣に豆柴を見つめていた。ひょっとしてお好きですか？

「はい。神さまから、こちらのおおだんなさまの呪符をいただいてくるように言われてきました」

小さな尻尾を振っている。けれども、さっきまで目を回していたせいか、微妙に毛並みがほつれている。

「そっか、そっか。けど、大旦那は今日の昼間はちょっと籠もってるから、日が暮れねえと手が空かねえんだ。どうすっかな」

「せっかくだから豆柴ちゃん、温泉入っていけば？」

「ええっ!?」と驚いたのは当の豆柴だ。「ぼくはただのおつかいです。温泉をいただくなどめっそうもない」

そう言いながらも豆柴の尻尾は激しく振られている。絵里子さんが豆柴をひょいと持ち上げた。

「厨房車にぶつかりかけて埃まみれだし、あやかしフロアの温泉なら大丈夫でしょ」と、絵里子さんは豆柴を顔の高さに持ち上げると、少しだけ視線を落として言った。「この子は男湯だね」

私が豆柴をあやかし側の男湯のまえまで案内すると、豆柴はきゃんきゃん言いながら大浴場に走っていった。ひとりで大丈夫だろうか。あやかしサイドとはいえ、男湯だから私は入れないのだけど。隣に立っている私の教育係は豆柴を愛でつつも、温泉までに付き合ってあげる気はないみたいだし。

「他に誰もいなければ、湯船で少し泳いでもいいからねー」と、声をかける。

「そそ、そんなことはしませんっ」

と、豆柴の慌てた声がした。たぶん泳ぐな、あれは。

豆柴が温泉に入っている間に、私はふとあることを思い立った。

「しろくんもお風呂に入れていいですか」

葉室さんがスマホをいじりながら「うん」と、頷いた。葉室さんはあやかしフロアだとずいぶんな業務態度になると思う。

「きゅーん」と鳴いているしろくんを、私は豆柴のいる温泉へ解き放った。

ふと我に返った葉室さんが眉をしかめる。

「なんであの白いのまで温泉に入れるんだよ」

「ふふ。豆柴ちゃんと並べてみたいなと思いまして」

外で待っていると、豆柴のきゃんきゃんという声と、しろくんのきゅんきゅんという声がしきりに聞こえてくる。楽しそうだ。きっとシャンプーとかしたりしているのだ。想像するこっちまできゅんきゅんしてくる。

しばらくして、豆柴が戻ってきた。しろくんも一緒だ。

二匹とも、どうやったのかは知らないがドライヤーで乾かしたようにふわふわの毛並みになっている。毛並みだけではない。豆柴もしろくんも、身体がうっすら光って見えた。〝霊力が復活する温泉〟の看板に偽りなしだ。

なによりもこのダブルもふもふの眺め。尊い……。

「とってもいい温泉でした。ありがとうございます」

相変わらず尻尾を振っている豆柴。霊能をこらしてよく見ると、温泉から上がった豆柴は犬耳をつけた小学生くらいの男の子の姿にも見えた。半袖半ズボンのかわいい男の子だ。

私の霊能だとそんなふうに見えると話すと、葉室さんも頷いた。

「俺にもそんなふうに見える。たぶんあれだな。もう少し修行して霊的に進化したら、仔犬の身体だけじゃなくて人間の見た目を具現化することもできるんじゃないか」

「そうなんですか」

「動物なら本能的な行動だけでいいけど、人間には本能をコントロールする意志がある。知性も理性も感性も悟性も必要だし、合理的な思考が求められることも多々ある。動物の体よりも複雑な精神活動を具現化しないといけないからな」

「へえ〜。葉室さん、物知りなんですね」

私は素直に褒めたのだけど、葉室さんは迷惑そうな表情をしただけだった。

「うっせ。大旦那の受け売りだ。……それよりこれ、どうすんだよ」

いま、私たちの眼前では、豆柴と白い仔狐のもふもふが戯れている。

互いにじゃれ合ったり、ころころ転がったりしている。お互いに甘噛みではむはむしてくすぐったそうに身をよじったりしていた。もふもふ祭り、いい。

「とっても天国的ですよね」

「いやいや」

そういう葉室さんだって、横目で豆柴を追っているの、私にはばればれです。

「あ、うちのしろくんも昨日シャワーしましたからきれいですよ」

「そうじゃなくて」

しろくんは人間の言葉をしゃべれないけど、豆柴とは意思疎通ができているみたい。なにやら二匹がこしょこしょと話しているように見える。

豆柴が「そんなふうに言われると……、いやいやこれはこれは」と話をしている。神さまのおつかい同士、やっぱり話は合いそうだ。

「うちのしろくんは豆柴ちゃんと違って言葉がしゃべれませんよね。これってなんの違いでしょうか」

「さあな」

と、葉室さんがあくび交じりに答えた。

「さあなって……」

「じゃあ聞くが、おまえ、楽器は弾けるか」

「いえ、特に……」

女の子ならピアノぐらい習っておけとか言ってきたら、やり返してやる。

「俺はピアノを習っていた」

意外すぎる発言に声が裏返った。

「えっ!?」

「〝えっ〟とはなんだ」

「いえ、別に――」

嘘である。いま私の頭のなかでは、仏頂面の小学生男子がショパンの幻想即興曲を弾きこなす画が浮かんでいた。意外と言えば意外だ。ギャップ萌え、かどうかはわからないけど。葉室さんが疑わしげに私を見ている。

「まあ、いい。とにかく、おまえは楽器を弾けない。俺はピアノが弾ける。この違いはそれほど重要か？」

「いいえ」

「小さい頃の教育方針だとかいろいろだろうけど、それもひっくるめて〝個性〟って呼ぶんだと俺は思う。ハンディでもなんでもない」

「じゃあ、しろくんにとっては人間の言葉をしゃべれないことが個性だってことですか？」

「俺はそう思う。だって、しろは言葉がしゃべれなくても豆柴と楽しくやっているじゃないか」

そういうと葉室さんは微笑んだ。その目は、無邪気に戯れている豆柴としろくんに向けられている。そこになにかしら悲しみのようなものと憧れのようなものが見えたのは気のせいではないと思った。

豆柴はちっちゃいながらに真面目な性格だった。

させてください」

「あ、あの。温泉、とってもきもちよかったです。にちぼつまで、お礼におてつだい

豆柴がちょっと舌を出した笑顔で、尻尾を振りながら申し出る。少し恥ずかしそう

にもじもじしているところがまたすれていなくていい。

「お手伝いって――」

「イッシュクイッパンノオンギです」

見た目にそぐわない言葉をすんなりと口にする豆柴に、「難しい言葉を知ってるんだな」と葉室さんが感心していた。「一宿も一飯もしていないけど」

たしかに、強いて言えば〝一風呂の恩義〟だ。豆柴が手伝うとなれば、どう考えても人間フロアの仕事はできない。子供たちに捕まって、もしも人間の言葉を話したりなんかしたら、大騒ぎだ。

あやかしフロアでシーツなどのリネン類の整理などをする。豆柴がシーツをくわえて一生懸命積み上げようとしてくれていた。豆柴は本物の柴犬の身体なのに、どういう仕組みなのか、シーツをくわえてもよだれがつかないのはありがたい。

「車に……よいしょ、ひかれそうだったのを……うんしょ、助けてもらって、温泉で霊力をかいふくさせてもらったんです。がんばります……どっこいしょ！」

お世辞にも大活躍とは言えないし、豆柴だけではシーツ一枚運ぶのも一苦労だ。し

かし、とても健気に運ぶ姿は、愛らしくて胸がきゅんとする。ちなみに、豆柴ほど力がないしろくんは私の頭の上で監督している。応援なのか、時々「きゅーん」と鳴いていた。

「がんばれ、豆柴ちゃん。もう一息」

「よいしょ、よいしょ」

小さな尻尾をふりふりしながら働く豆柴に、ほっこりした気持ちになっていると、その横で葉室さんはぶすっとした顔でてきぱきと作業している。これはやはり、あとでお説教コースかもしれない。かもしれないとは思うのだけど、豆柴としろくんのダブルもふもふのかわいさには代えられなかった。

「おまえさ」

「はいっ」

お説教コース前倒しかと身構える私。

すると、葉室さんが半分呆れたような顔でこう言った。

「めちゃくちゃ楽しそうだな」

葉室さんが苦笑している。苦笑いなのに、この前の善治郎さんの骨折を話したときの笑顔みたいな、見る人の心を穏やかにするものが含まれていた。

怒られると縮こまっていた私は、思わぬ言葉に耳を疑う。その言葉の意味するところがわかると、なぜか胸の奥から笑いがこみ上げてきた。

「ふふ」

「なんだよ」

「だって、私、今日みたいな〝かわいくて〟〝怖くない〟あやかし体験は初めてですから」

　人間ではない、普通なら目に見えることのない存在と接すれば、普通は怖いだろう。〝見える〟私であっても、いいことはなかった。そんな経験と比べれば、いまの状況はかわいらしいペットに癒やされている状況に等しい。猫カフェとかそんな感じ。

「静姫さん、終わりました」

「豆柴ちゃん、すごくがんばったね！」

　仕事を終えた豆柴を抱き上げたときだった。

　足下の床が湾曲したような気がした。

「あ、あれ……」

　思わず豆柴から片手を外し、なにかにつかまろうとしてそのまま尻餅をつく。

「おいっ、どうした⁉」という葉室さんの声が聞こえる。

「ちょ、ちょっと――」

　視界がゆっくりと倒れるように傾く。それにつられて身体も回転するように感じた。

「大丈夫か!?」

回転する世界のなかに葉室さんの顔が入り込んできた。その間にも猛烈なめまいが私を襲う。

「大丈夫……だいじょうぶ――」

したたかに打った腰の痛みも感じられない。私は目をつぶった。上下左右がめまぐるしく入れ替わるような感覚にすり潰される。

そのとき、誰かの声がした。

『巫女さま、巫女さま――』

ああ、これは――。夕べ見た夢の声。人間とあやかしと神さまがみんな手を取り合って、輪になって踊った、あの光景だ。

けれども夢と違って、もう少し踊りが続く。夢の続きのようだった。

円舞のように踊り、笑い、疲れて座り込めば、野の草花の冷たさが癒してくれる。

『巫女さま、大丈夫ですか』

『ええ』と私は笑顔で答える。『人間もあやかしも神さまも、みんなが笑顔でいられれるのですもの。こんな楽しいことはありませんよ。さあ、あの黄金の温泉でゆっくり温まり、疲れを癒しなさい』
その言葉を最後に、私の意識は暗闇に落ちていった。

・

目を覚ますと、木目の天井が目に飛び込んできた。糊のきいたシーツの感触。

「ここは――？」

目線を動かすと、気遣わしげに私を覗き込む善治郎さんの顔が飛び込んできた。

「大丈夫かい？」

という善治郎さんの声に遅れて、葉室さんの仏頂面が視界に入る。これっぽっちも笑顔ではないのに、見知ったふたりの顔に少し安心した。

「リネン類の整理を終えたらいきなりめまいを起こして倒れたんだ。覚えてるか」

と、葉室さんが説明する。顔つきが真剣だった。

「はい……」

自分が倒れたことも、巫女の夢も、ちゃんと覚えてる。

「なんだか〝温泉〟としきりに繰り返していたみたいだったけど」

そう聞かれて、私は夢の内容を思い出す。巫女姿の私は、人間やあやかしや神さまたちみんなに温泉を勧めていた。だけど、そのことをふたりに言ってもいいのだろうか。ただの夢の話とは思えず、私は言葉に詰まった。すると、しろくんと豆柴が半泣きで私の胸の上に飛び乗ってきた。

「きゅーんっ」

「静姫さま、だいじょうぶですか⁉」

「大丈夫だよ」

と、笑顔を見せて上体を起こす。

「疲れが出たんかもしんねえな。あんま無理しちゃダメだよ」

善治郎さんが心配そうな顔で優しく声をかけてくれた。

「……俺、人に教えるとかって苦手で。やっぱり俺は厳しいか」

と、葉室さんが俯いていた。声も小さいし、内容も謝罪めいていて、本当に葉室さんが言った言葉なのか耳を疑ってしまった。

「え?」

私が目を丸くすると葉室さんが横を向いてしまった。

「こ、このくらいで倒れられたら困るんだよ。忙しい時期とかだったらなおさら」

葉室さんの耳が赤い。葉室さん、照れてるのかな。

「はい」と頷く。まだ頭がよく回らなかった。

「葉室くんがあんまり厳しいようだったら、俺に言ってよ。〝鬼〟の力でちょっとアレしてやるから」

「聞こえてますよ、善治郎さん。俺はそんなに厳しくやってません」

葉室さんが平坦な声で反論する。善治郎さんは、私と顔を見合わせると舌を出しておどけて見せた。本当は、葉室さんは厳しくてあられますけど。善治郎さんの言う、鬼の力でアレするというのはどんなものか知りたくもあったけど、万が一にも残酷なことになるのはイヤだから黙っている。

葉室さんと善治郎さんで、空いている部屋に布団を敷いて私を寝かせてくれたらしい。大丈夫という言葉は、決してみんなを心配させないための嘘ではなかった。

さっきのひどいめまいと具合の悪さは一体なんだったのかというほどに爽快な気持ちだった。借金一千万円という法外な重荷を背負ったいまとなってはこんな気持ちを味わえるとは思っていなかった。たとえれば入試が終わってこんこんと眠り続けたあと、というくらいの心身の回復ぶり。私が立ち上がって布団を片付けはじめると、他の人たちが心配したくらいだ。

「本当に大丈夫なんだな」

と、横を向いていた葉室さんが慌てた。意外なほどに心配してくれている。

「大丈夫ですって。どうしたんですか」

「あ、ひょっとして、私が倒れたことが大旦那さまに伝わって今夜怒られるのが怖いとか」

「なにが」

インターンの私が倒れたりしたら、教育係が責められるのかもしれない。だとしたらさっきまでの葉室さんのちょっと殊勝《しゅしょう》な態度も納得できた。そんなふうに迷惑をかけるのはイヤだ。

「なに言ってんだ、おまえ」

葉室さんの声がちょっと怒気を帯びた。他に私を心配する理由なんて見つからないと思うんだけど。

すると善治郎さんが、私が押し入れにしまおうとしていた布団をさっと取り上げ、とんでもないことを言い放つ。

「なに言ってんの、静姫ちゃん。葉室くんはさ、静姫ちゃんのことが好きだから心配してんだよ」

「ちょ、まっ――!?」

「ぜ、善治郎さん!?」

葉室さんと私が素っ頓狂な声をあげた。ものすごい勢いでお互いの顔を見て、瞬時にバッと顔を背ける。突然のことにドドドドと心臓が鳴り、顔に熱が一気に集まる。

「善治郎さん、なに言ってるんですか。俺はこんな奴のこと――」

「そうですよ、善治郎さん。この人はあくまでも仕事上の教育係であって――」

言い返そうとしてまた目が合ってしまい、即行で目を逸らした。善治郎さんはげらげらとお腹を抱えて笑っている。

「はっはっは。ふたりとも若ぇから照れるけどよ、俺みたいに年取るとそういうのはよくわかるんだ」

善治郎さんの、根拠のない主観的意見に私も葉室さんもなにも言えず、口をぱくぱくと動かした。もうやめて……。

「そういうの、人間世界ではお節介って言うんですよ」

と、葉室さんが額を押さえていた。善治郎さんは楽しげに笑って部屋から出て行く。

私と葉室さんの足下では、豆柴としろくんがシーツ類をたたもうとして、それらの布とたわむれていた。もふんもふんと無邪気に遊ぶ二匹に癒されていた記憶は、もう遥か昔のよう。

き、気まずい……。

とりあえず、しろくんを頭の上に乗せて、シーツをたたんでしまおう。そう思ったとき、「おいっ」と、葉室さんが大きな声を出したので、飛び上がった。

「はいっ!?」

葉室さんが赤面しながらにらんでいる。思い切りぶち切れているのか、怒ったふりでごまかしているのかわからない。もともとイケメンなだけに迫力が違う。怖いです。

思わず、頭に乗せようとしたしろくんを胸の前で抱きしめた。次になにを言われるのかと思っていたら、葉室さんは窓の外をビシッと指さした。

「日没！」

「はい……？」

たしかに日が落ちています。動揺のためか葉室さんの語彙力が著しく低下している。

「豆柴、大旦那！」

依然として真っ赤な顔で細切れに言葉を紡ぐ葉室さんを、不覚にもちょっぴりかわいいと思ってしまう。しかしそれどころではない。

その言葉で思い出した。

「――はい！」

私はしろくんを右手に抱え、豆柴を左手で抱えた。

「静姫さま？」

「ほら、豆柴ちゃん、日没。大旦那さまのところへ行けるよっ」

私はそそくさと部屋を出る。出てしまってから重大なことに気付いた。私が使っていたシーツ類、葉室さんに片付けさせちゃったじゃない。一生の不覚……。

泰明さんの部屋に行く近道であるあやかしフロアにいたのはよかった。あのまま黙々と廊下を歩いていたら、私はあれこれ考えすぎて茹でだこになっていたかもしれない。十代みたいで悪かったですね。突然、善治郎さんがぶっこんで来るのが悪い。

忘れそうになっていたけれど、豆柴は神さまのおつかいを仰せつかってやって来たのだ。その要件とは、泰明さんから呪符をもらうこと。一体どんな呪符なのか、子細《しさい》は豆柴の背負っている小さな風呂敷包みに入っているとか。

泰明さんの部屋へ向かいながら、今日の夜空を見上げてみる。晴天で星が降るような空なら、泰明さんは占いやお祓いで忙しいはずなのだ。ところが、今日は灰色の雲が空を覆いはじめ、雨がぽつぽつ降ってきていた。これなら今日の泰明さんの仕事は少ないだろう。他の仲居さんたちは、プラネタリウムの設営に忙しいだろうけど。

泰明さんの部屋に行くと、向こうから襖が開いた。

「いらっしゃい、豆柴くん。待たせてしまったみたいだね」

着物姿の泰明さんが笑顔で出迎える。

「泰明さん！」

と、私のほうが飛び上がりそうになった。その美しすぎる容姿は心臓によろしくない。いつも以上にぶすっとした顔の葉室さんは、私と一定の距離を空けて近づいてこない。きっとさっきの善治郎さんの発言を気にしているのだろう。そういうの、やめてほしい。こっちまで変に意識しちゃう……。

純真な豆柴ちゃんは、泰明さんに深々とお辞儀をして挨拶をする。

「いつもおせわになっています。神社の神さまのおつかいできました」

「はい、お久しぶりですね、豆柴くん。用件は、背負っている包みのなかかな?」

「そうです」

泰明さんが包みをほどくと、なかから紙が出てきた。墨で見たこともない字のような記号のようなものが記されている。この紙自体が呪符のようだった。

「これはね、ヲシテという神代文字だよ」

またしても心のなかで思っていたことに答えが返ってきた。

「神代文字、ですか」

泰明さんは丁寧に説明をしてくれる。

「いま私たちが使っている日本語は漢字、ひらがな、カタカナからできている。そのうち、ひらがなは漢字を崩したものであり、カタカナは漢字の一部を取り出したものだというのは知っているね」

「はい」

「つまり、いまの日本語の文字は、突き詰めれば漢字に行き着くことになる。しかし、漢字が日本にもたらされるまえにも、実は日本に文字があったんだ」

「本当ですか」初耳だけど、聞いているとわくわくしてくる。

「本当だとも。それらの文字を神代文字といい、代表的なもののひとつが、ここに書かれているヲシテなんだよ」

泰明さんが紙を見せてくれた。丸や三角に棒や点を足した記号のようだけど、もっと詳しく知りたいと思った。葉室さんも少し興味ありそうに首を伸ばしていた。見たければ近くに来ればいいのに。

「泰明さんは読めるんですか」

「もちろん」と言って泰明さんはもう一度その紙に目を通す。「ここに書かれている呪符を作るのには一晩かかる。今日は宿に泊まっていくといい」

「でも……」と、豆柴の顔が曇る。

するとと泰明さんは豆柴にやさしく笑いかけた。

「大丈夫。この紙にも、呪符を作るのに時間がかかるようなら豆柴を泊めてやってくれと書いてある」

豆柴の顔がぱっと明るくなった。「ありがとうございます。実は夜道はこわいなあっておもっていたんです」

豆柴の頭を撫でながら泰明さんも付け加える。

「お代はちゃんとそちらの神社の神さまからいただくことになってるからね」

がめつい。思わず思ってしまって、はっとなる。いまの心の中で思った言葉、泰明さんには——。

泰明さんが私にこれ以上ないくらい清々しい笑顔をくれた。

やっぱり聞こえていたようだった。


翌朝は、いいお天気だった。

夜中に雨が少し降ったようだけど、それも乾き、中庭の草のにおいが強くする。

目を覚ますと、私は二匹のもふもふに囲まれていた。右には白い毛並みのしろくん、左には茶色の豆柴。結局、豆柴は私の部屋に泊まった。宿泊用の部屋がなかったわけではない。私がめまいで倒れたときに使った部屋が空いていたけど、豆柴が難色を示したのだ。理由は「ひとりではさびしいです」とのこと。耳も尻尾もうなだれてそんなことを言われたら、「お姉さんの部屋に引き取ってあげるっ」って答えるしかないじゃないですか。しろくんも豆柴が気に入ったみたいだったし。

二匹のもふもふに挟まれて眠ったせいか、雲の上に寝転ぶのんびりした夢を見た。

今朝、豆柴だけを抱えて少し早めに事務所に行くと、私の席に紫の蝶が止まっていた。泰明さんの式神だ。私が手を伸ばすと、蝶は私の肩にひらりと乗った。

「呪符ができたからいつでも取りに来ていいよ」と泰明さんの声を伝えてくれる。私は豆柴を事務所に残して泰明さんの部屋へ向かった。部屋に着くと、泰明さんが袱紗《ふくさ》に包んだ呪符を渡してくれた。

泰明さんの目の下には、うっすらとくまができていた。しかし、透明感があって浮世離れしたきれいな顔は相変わらずだ。

「夕べはよく眠れたかい？」

「はい。あ、すみません。泰明さんが呪符を作ってくださっているのにさっさと寝ちゃって」

「ははは。そんなことを言っているわけじゃないよ。あの豆柴くん、きみの部屋に泊まったんだろ？」

「あ」やはりこの旅館で起こることはなんでもお見通しなのだ。

「邪魔ではなかったかい？」

「全然大丈夫でした」

そう答えると、泰明さんがにっこり笑った。

「ふふ。さすがだね。この場所に戻ってくるべくして戻ってきた感じだね」

「はい？」私は思わず聞き返した。「〝戻ってくるべくして戻ってきた〟？」

泰明さんは、こっちの話だよとごまかし、呪符の注意点に話題を変えた。

「豆柴くんのところの神さまの要望で作った呪符なんだけど、この呪符には霊的なるものの この世への影響力を強める呪が込められている」

「はあ」

「要するに、神さまの力を強くこの地上に降ろすための呪符なんだけど、他のあやかしにも通用してしまう。この袱紗に包んでいる限りは持っていても呪符の力は漏れないけど、くれぐれも他のあやかしには気をつけて。狙ってくるかもしれないから」

泰明さんは淡々と説明しているけど、結構すごいこと話していませんか。

「大丈夫なんですか」そんなものを作ってしまって。

「ははは。日が高いうちは大丈夫。日没が近づいてきて、いわゆる逢魔《おうま》が時以降になったら危ないけどね。ほら、烏天狗やら鴉のあやかしやら、いろいろ出るから」

具体的に挙げたどちらにも襲われたことがある私としては、もう御免被りたかった。

「昼間なら、大丈夫なんですよね」

「うん。でも、豆柴くんだけだと危ないかもしれないね。来るときも厨房車にひかれかけたんでしょ？」

「そうでした……」

「だから、静姫ちゃん、ついていってあげたらいいんじゃないかな。……ねえ、善治郎さん」

と、泰明さんが私の背後に声をかけた。驚いて振り向いた私は、善治郎さんの姿を見て腰を抜かした。

「ひっ⁉」

目の前には、巨大な赤鬼が立っていた。ばさばさの金髪に鋭い二本の角とむき出しの牙。身につけているものは虎柄の腰巻きで、赤銅色の肌には鋼鉄のような筋肉がうねっていた。旅館の天井では低いようで、やや背中をかがめるようにして立っている。そのせいで上から顔だけ近づけてきているようで、威圧感がすごかった。霊的に鬼の姿は見ていたけど、実際に具現化した姿を見るのは初めてだ。

「そうだな。大旦那の言う通りがいいだろう」

声もずいぶん若い。普段のおじいちゃんな声ではなく、張りがある低音の壮年の声だった。しゃべり方も普段の訛りがなくて、まったくの別人だ。

「ど、どうしたんですか、そんな格好で。善治郎さん、ですよね？」

赤鬼がぎろりと私に目をむいた。

「ああ、そうだ。ちょっと朝から騒いでいるあやかしの客がいたから、立場をわからせてやってきた」

「お疲れさまでした」と泰明さんが手を一回叩いた。

赤鬼の身体から赤い光が溢れる。ふと、葉室さんの鳳凰の翼を思い出した。しかし、鳳凰の炎と比べると、赤みが濃く、明度が低い。その光のなかで鬼のシルエットが溶けるように小さくなっていく。

光が収まると、いつも好々爺な善治郎さんが、顔をしかめて腰を反らしていた。

「まったく、あいつら馬鹿だからさ、朝から疲れっちまったよ」

「善治郎さん、おかえりなさい」思わず安心する。

「うん？　俺はどこへも行ってねえよ？」

呪符を受け取った私は、厨房の絵里子さんのところへ寄ってから事務所に帰った。

事務所に戻ると、葉室さんが苦々しい顔で話しかけてくる。昨日のこと、まだ引きずっているのだろうか。

「朝礼にも出ないで、あの豆柴と一緒に神社まで外出するんだって？　善治郎さんから聞いたよ」

「はい。日の高いうちに戻れるそうなので」

「そうしてくれよ。結構物騒なんだからな」

葉室さんはふいっと顔を背ける。……ひょっとして、心配してくれているのだろうか。しかし、私が表情を読み解くまえに、葉室さんはくるりと背中を向けて歩いていってしまった。おかげで、私は自分が変な期待を抱いていたことに気付く。やっぱり昨日の善治郎さんのひとことからなにか調子が狂ってしまう。

私は善治郎さんをじと～っと見つめて念を送る。

「なにかあったかい、静姫ちゃん。俺の顔じっと見て」

「いいえ。なんでもありません。それでは行ってきます」

当の善治郎さんはぽかんとした様子で、特に気にもせず「気をつけてな～」と私たちを送り出してくれた。しろくんは旅館でお留守番です。

私は豆柴を抱き上げた。

私が一緒に神社の近くまで送ると知って、豆柴はきゃんきゃんと喜んでいる。泰明さんから預かった呪符は、袱紗に包んだまま、豆柴の背負っている風呂敷に入れた。

朝のひんやりした空気は太陽の熱でだいぶ温まってきている。豆柴は外へ出ると元気よく駆け出した。少し走っては私が追いつくように尻尾を振りながら待っている。小さな舌を出して振り向いた顔が人間の子供のようだった。

豆柴と一緒なので自然と目線が下に向く。シロツメクサが美しい。他にもいろいろな草花があった。昨日は絵里子さんの猛スピードなワゴン車に乗っていたためにまったく気づかなかったのだ。

暖かな日差しの下、仲居の格好だったけど、豆柴とちょっとしたピクニックだった。

豆柴は、途中の草花を興味深く見つめたり、前足で払ってみたり、自由に振る舞っている。たしかにこれは私がついていないと危ないかも。

いま、豆柴は、モンシロチョウを捕まえようと何度か飛びはねていたが、断念して

私の足下に近寄ってきていた。道はうねうねと続いている。舗装された道からはずれ、

草を踏んで歩いていくと、まるで夢のようだった。

身体を動かすことに満足したのか、私と並んで歩きながら話しかけてくる。

「昨日はびっくりすることだらけでした」

「そう？」

「でも、静姫さんとか、エリコさんとか、ハムロさんとか、いい人にもいっぱい会っ

たのです」

「私まで入れてくれるの？　ありがとう。絵里子さんいい人だよね。葉室さんはわか

らないけど」

「そうですか？　ハムロさんはこっそりチョコレートをくれました」

「え？　そうなの？」

それより、豆柴がチョコレートを食べていいのだろうか。普通は絶対ダメだと思う

けど。神さまのおつかいだから普通とは違うのかな。

「チョコレート、大好きです」と、豆柴が尻尾を振っている。

「そうなんだ。ごめん、いま私、持ってないや」

知ってたら持ってきたのだけど。豆柴が慌てて首を振った。

「そういういみじゃないのです。ハムロさんはいい人だという話です。温泉にはいったときも、空からとんできて身体を洗ってくれたのです」

「嘘ぉ!?」

「仔犬のかっこうでは洗いにくいだろうって。とっても気持ちよかったです。おかげで、ほら、尻尾の先まで毛並みもつやつやになりました」「はあ……」

すごく意外な感じ。

「ハムロさんも静姫さんのことをはなしてました」

「あんまりいい話じゃなさそうな気がする……」

すると豆柴が怪訝そうな顔で、首をかしげた。

「なんでそんなふうにおもうのですか？」

「だって、私、葉室さんにいつも怒られてばかりだし」

「そんなことないですよ？　心配していましたよ」

「心配？」

これまた意外な単語だった。

「静姫さんはずっと人間の世界にいたのに、こっちの世界に来てしまったことがよかったのかわからないって。自分たちみたいに人間セカイにどうしようもなくいばしょがなくなったわけでもないのにって」

「葉室さんが、そんなことを——」

「自分にはまぶしいって言ってました」

「まぶしい……？」

「ショウライへの希望がないわけでもないし、自分みたいにひねくれてないしって。あ、あと、自分まで人間のセカイが恋しくなってくるって」

豆柴はただ、思い出したままに葉室さんの言葉を伝えてくれているのだけど、私には堪えた。

なんで私なんかのことをそんなに感じるの？

人間と鳳凰の間に生まれた葉室さんは、これまでどんなふうな人生だったのだろう。お母さんは亡くなってしまったと言っていたけど、どんなお母さんだったのだろう。

まったく話に出てこないけど、父親である鳳凰と交流はあるのかしら。

あやかしが見えていろんな目に遭ってきたけど、私の場合、両親は健在だし、大学まで友人もいた。ゼミの教授をはじめ、導いてくれた人もたくさんいた。

だけど、これまで接してきて——葉室さんには他の人間の影が見えない。

ふと、いつもスマホをいじりながら壁にもたれている葉室さんの俯いた顔が思い浮かんだ。同時に、無邪気な笑顔や善治郎さんにからかわれて真っ赤になった顔が思い出される。

自分のことをひねくれていると自覚しながら、私を通して人間世界への憧憬《しょうけい》を口にする葉室さんが、私にはどうしようもないほど〝人間〟に思えた。

人間や、人間の温かさに憧れ、けど、ひとり背中を向けている——。

豆柴がまたモンシロチョウに向けて飛び上がった。蝶はひらひらと豆柴から逃れて天高く飛んでいってしまう。豆柴がまた私のところに戻ってきた。

楽しげに尻尾を振りながら、豆柴は思い出したように頭を下げた。

「昨日はとってもたのしかったです」

「いいえ、こちらこそ」ダブルもふもふは最高だったもの。

豆柴が激しく尻尾を振っている。

「温泉のおれいでおてつだいさせてもらえて、すごくうれしかったです」

「豆柴くんが、うれしかったの？」

「ぼく、ふだんは人間に見えないじゃないですか。神社にくるこどもたちとか、あかちゃんとか、かわいいな、ほっぺあったかいんだろうなっておもっても、さわるどころか見てももらえない。だから、ぼくを見てくれた静姫さんたちはだいすきです」

豆柴の素朴な顔に、端整な葉室さんの顔がなぜか重なる。こんなときまで仏頂面なのが、悲しかった。

「豆柴ちゃんは、普段、さびしい？」

「ちょっとだけです」

「私たちと一緒にいて楽しかった？」

「はい」

「だったら、またいつでも遊びに来るといいよ」

豆柴は照れたように尻尾をはたはたさせた。

「ハムロさんも同じこと言ってました」

葉室さんがそんなことを？　豆柴に誤解させてもいけないから、驚いた顔は心のなかにしまっておく。

「そうなんだ」

「自分はさびしいのはなれた。でも、人間もあやかしも、本当はさびしいのはいちばんいけないいんだって」

「葉室さんが、そんなことを」

春の初めの日差しはこんなに暖かいのに――あなたがいちばんさびしいんじゃない。

胸の奥が痛い。喉の底がひりひりする。まぶたに熱いものが溜まって苦しい。

「静姫さんはさびしいときってないんですか」

「私？　私も、たまにはあるかな」

「あやかしが見えたりするからですか」

「それもあるかも。でも、それはもういいんだ。豆柴ちゃんやみんなに会えたから」

突如、ぐう～とおなかの鳴る音がした。私ではない。下を見たら、豆柴が照れていた。

「旅館を出るときから、静姫さんのかばんからおいしそうなにおいがずっとしていたから……」

神さまのおつかいの豆柴といえど、犬だ。人間よりもずっと鼻が利く。たいそう、誘惑の匂いだっただろう。

「絵里子さんにお願いして、豆柴ちゃんのお昼ご飯におにぎりを作ってもらったの。もちろん、私のぶんも」腕時計で時間を確かめる。「そろそろお昼だね」

「ああ、でも、あと少しで神社につきます」

「神社に着いてから食べる？」

もう一度、おなかが鳴る音がした。

「――おにぎり食べます」

豆柴の案内でちょっとだけ道を外れる。豆柴の先導でついていくと、湧き水があった。ここは普通の人間が触れないところらしい。きらきらと白金に輝く清水で手を洗い、喉を潤した。冷たくて、とても甘い。

豆柴と私は適当なところに座った。絵里子さんに作ってもらったおにぎりを取り出す。絵里子さん、わざわざ竹の皮でくるんでくれていた。その気持ちがうれしい。

「はい、豆柴ちゃん」と、おにぎりを手渡す。

「ありがとうございますっ」

豆柴が笑顔で受け取る。そう。受け取ったのだ。普通にお尻をつけて座り、前足でおもちゃに戯れるように、おにぎりをつかんだ。

「豆柴ちゃん、そんなこともできるの？」

「おにぎりは手でもって食べたらおいしいって、いつも人間たちが言っていたのです。だから、いちどやってみたかったのです」

豆柴が一生懸命おにぎりを食べはじめる。初めてにしては上手だ。中身は鮭だった。私も一個食べる。中身はおかか。醤油の染みた周りのご飯が香ばしい。おかかの塩味とお米の甘味が身体と心に沁みるようだった。

「おいしいね」

「おいしいです」豆柴は笑顔だ。「神さまもあやかしも人間も、こうして一緒にご飯が食べられたらいいのに。そうしたらきっと、さびしい気持ちなんてどっかいっちゃうのに」

風が吹く。見上げた雲は白く光って流れていった。青い空が目に痛いくらい。

「きっと、遠い遠い昔はそんな時代があったのかもしれないね」

私の答えに、豆柴の返事はない。どうしたのかと見ると、豆柴は眠っていた。おなかいっぱい食べて、ぽかぽかしていれば、そうなるね。しばらく寝かせておいてあげよう――。


気付けば私もうつらうつらしていたみたいだ。ちょっと風が冷たくなってきて目を覚ますと、ちょうど豆柴も目を覚ましたところだった。

そろそろ神社へ戻らないと、と私が立ち上がると豆柴が固まっている。

「大変です、静姫さん。呪符を包んだ袱紗がありません……」

「えぇっ……!?」

豆柴と私は大慌てで呪符を捜しだした。

「いつどこで落としたの？」

「わかりません。寝てる間に盗まれたのかも……」

血の気が引く。もしそうだとしたら、私も同罪だ。泰明さんの言葉が心をよぎった。

あの呪符は、神さまやあやかしの力を増幅させる。悪いあやかしが手にしたりしたら大変なことになるじゃない。

しかし、捜せども捜せども見つからない。湧き水の周りはあきらめていま来た道を引き返してみた。しかし、それらしきものはどこにもない。そのうえ、豆柴があっちこっちで蝶や草花と戯れていたため、調べなければいけないところは果てしなかった。

「見つからないね……」

「どど、どうしよう……」と豆柴が涙目になっている。

私は腰を伸ばして西の空を見た。

「もうすぐ日が暮れる――」

その自分の言葉にはっとする。日暮れ、逢魔が時。それまでには帰らなければいけなかったのに。豆柴も「はわわわ」と慌てている。

失せ物捜しは陰陽師の仕事のひとつ。

たしかそんなことを以前、泰明さんが言っていた。綾葉のときだ。あのとき、泰明さんは呪文を唱えて捜してた。私にもあんなことができれば……。

私はわらにもすがる思いで、あのときの泰明さんが唱えていた呪文を思い出す。

「……清水の音羽の滝に願かけて、失せたる呪符のなきにもあらず」

泰明さん、助けてください――。

そのときだった。

「静姫さん、ありましたっ」

向こうの岩から、豆柴の喜びの声がした。

「よかった……」泰明さん、ありがとう――！

そう思う暇もなく、風がざわりと髪を乱す。うなじのあたりが粟立った。

『よい匂いがする。食いたい、食いたい。娘と犬。それに強い強い霊力を感じる。食いたいぞ、食いたいぞ』

不気味な声が響く。声のするほうを見れば巨大な頭だけのあやかしが地面から浮かんで、私たちを見下ろしていた。禿げ頭でちょびひげを生やしたおじさんの巨大な頭、みたいなもの。ただし、その大きさは私の身長の倍くらいあった。

思わず腰を抜かした私と大頭のあやかしの間に、豆柴が割って入る。

「静姫さんはぼくがまもるのです」

「豆柴ちゃん!?」

小さくふわふわの豆柴が、勇敢にあやかしに挑みかかり――あえなく完敗。ぺしっと叩かれて吹っ飛ばされる豆柴。

「わあああっ」と転がっていく豆柴を私は追いかけた。

「豆柴ちゃん、豆柴ちゃん!?」

「ふにゅううう……」

目を回してぐったりしている豆柴を抱いて、私は一目散に逃げ出す。後ろから大頭がやって来た。頭だけなのに器用に跳躍し、ずしんずしんと地響きを立てて迫ってくる。足の感覚がなくなるくらいに全力疾走した。

しかし、大頭は離れない。ダメ。捕まる――。

「助けて」私はとうとう悲鳴をあげた。「助けて――葉室さん!!」

食われる――そう思って目をつぶる。しかし、次の悲鳴は大頭からあがった。

『ぎゃああああああ――』

驚いて見上げれば、大頭の上に燃え立つ鳳凰の翼を広げた葉室さんが宙に浮かんでいる。例の独鈷杵を構えて全力で大頭のあやかしを殴りつけていた。

「葉室さん！」

私は豆柴を抱いたまま、へなへなとその場に崩れ落ちてしまった。

「ったく、あれほど日没までには帰れって言われてたくせに。――エイッ」

『ぎゃあああああ――』

葉室さんの攻撃に大頭が再び悲鳴をあげる。大頭は高く飛び上がると、東のほうへ逃げていった。

葉室さんがゆっくりと翼を動かしながら地面に降りる。

「た、助かりました……」

「怪我はないか？」

「はい。でも、ちょっと腰が抜けちゃったみたいで。はは」

なによりも葉室さんの顔を見たら安心して力が抜けた……。

葉室さんは横を向いて軽く舌打ちする。そして私の目の前に手を差し出した。

「ほら、つかまれ」

「え？」

「立たせてやるから、俺の手をつかめ」

私は葉室さんの手を握って立ち上がった。葉室さんの手、大きい。細身に見えるけどやっぱり男の人なんだな……。

立ち上がった私は葉室さんの手を離す。なぜか葉室さんの顔が見られなかった。ちょっと微妙な空気のなか、背後で聞き慣れた声がした。

「おや、あたしたちが来るまでもなかったにゃ」

「まったくだ」

「絵里子さん！　その格好――。それに善治郎さんまで」

いつもの白衣ではなく、きれいな着物姿。さらに猫耳を生やして髪は銀髪となり、両手の爪が長く伸びていた。なによりも、いつもの数十倍も絵里子さんは艶めかしいほどに美しい顔をしていた。

「猫又を本気で〝かける〟とこうなるんにゃ。こう見えて結構強いんだからにゃ？」

と、絵里子さんが目を閉じて天を仰ぐようにした。伸びていた爪がするすると短くなり、銀色の髪が毛先へ向かって黒く戻っていく。頭の上の猫耳がたたまれて溶けるように消えると、服装もうっすら光っていつもの白衣に戻った。絵里子さんが目を開く。目つきもすっかりいつも通りだ。猫又憑依が外れたようだった。

「ふむ。葉室がひとりでやったか」と赤鬼の身体が光り、老爺の姿に戻る。「静姫ちゃんの帰りが遅えって、ずーっと葉室くんイライラしててさぁ」

「そんなことしてません」

と、葉室さんがそっぽを向いたまま善治郎さんに抗議した。

「それで、日が暮れそうになったら一目散に飛び出してったんだもんね～」

「絵里子さんもやめてくれ」

「とかなんとか言っちゃって。いつまで静姫ちゃんの手を握ってるのさ」

絵里子さんがによによと私の右手を見る。立たせてもらったときに、葉室さんが私の手を握ってくれたようだった。葉室さんと私が慌てて手を離す。距離も取った。

豆柴だけが少ししょげていた。

「ぼく、静姫さんをおまもりできませんでした。神社の狛犬失格です……」

すると、絵里子さんが豆柴の頭を撫でた。

「そんなことないよ。よくやった。おにぎり、おいしかったかい？」

撫でられて、豆柴がかえって涙目になる。

「はい……」

「豆柴ちゃん、守ってくれてありがとう。すごくかっこよかったよ」

うるうるした瞳の豆柴が私にひしっと抱きついた。

「本当に助けてくれた葉室くんより、もふもふの王子さまのほうが抱きしめられて、ちょっとやきもち焼いてる？」

「絵里子さん、高校生みたいなことマジやめてください」

葉室さんが赤面してる。肩をいからせてふるふると震えていた。

やっぱりこの人は――人間だよ。私は無性に切ない気持ちになった。

ここから神社まではすぐだった。私たちはみんなで鳥居まで豆柴を送る。

「みなさん、ありがとうございました」

「おつかいがないときでも、また旅館に遊びに来てね」

鳥居をくぐると豆柴は、犬耳の小さな男の子の姿に変わった。

「神さま、おつかいからただいま戻りました――」

鳥居の向こうの、本当の神さまの世界へ帰っていく豆柴を、私は手を振って見送った。

第三章　星と蛍と

夜の「いざなぎ旅館」は忙しい。

このまえ、豆柴と私を助けるために葉室さん、絵里子さん、善治郎さんが旅館を抜け出したのは異例中の異例。大旦那である泰明さんの許可があったかららしい。もっとも、豆柴を見送ったあと、絵里子さんと善治郎さんはそれぞれのあやかしの力を全開にして全力で仕事に戻ったけど。

夕食の準備に中庭での星空鑑賞の準備。泰明さんの陰陽師占いその他諸々の祭壇周りは毎度、一から祭壇を作らなければいけない。夕食が終わってお客さまが中庭へ出ている隙に食器を下げると共に布団の準備をする。団体客の場合には宴会を開くこともあって、その場合にはそちらの準備も必要になる。夜になれば当然、温泉を使うお客さまが増えるから、タオルやアメニティ類が足りなくなっていないか、それとなく確認をする。水回りに水滴のあとがあればきれいに拭き取る。

普通の旅館でも十二分に忙しいのに、「いざなぎ旅館」は人間フロアとあやかしフロアに分かれている。実質、旅館二軒分だ。

仲居たちへの問い合わせなどは圧倒的にあやかしフロアの方が多い。「浴衣はどうやって着たらいいのか」「温泉の入り方って?」からはじまり、「おいしいものがあったから隣のお膳の料理も食べて怒られた。心外だ」とか、場合によっては「隣のあやかし、大好物。なんで食べちゃダメなの?」といったお客さまへの指導が必要になる。

これはたしかに番頭さんが〝鬼〟でなければ回せないだろう（事実、善治郎さんは時々鬼の力を開放して物理的に鎮圧している）。ただ、あやかしにはカレンダーの概念がないので、週末に混雑するということがないのがせめてもの救いだった。

そんな忙しい時間帯の人間フロアでの出来事だった。

葉室さんが、中庭へ星を見に出る女性のお客さまをじっと見ていた。

「珍しいですね。葉室さんが女性のお客さまをじっと見ているなんて」

私がそう言うと、葉室さんがびくりとなった。

「なんだ、おまえか。変なこと言うんじゃねぇ」

「じゃあ、なにしてたんですか」

すると葉室さんは中庭で少し立ち止まっている女性を指さした。

「あの女の人、おまえにはどう見える」

「どうって……」

きれいな人だった。長い黒髪、なにか物思うような儚げできれいな顔をしていた。年齢は絵里子さんや私と同じか少し下、大学生くらいだろうか。ただし、すらりとしたスタイルは私より絵里子さんに近い。

「どうだ」

「きれいな人ですね。ああいう人がタイプなんですか？」

「そういうことを言ってるんじゃない」葉室さんが舌打ちした。

「よく見ろ。ダブって見えないか」

その言葉にはっとして女性を改めて見つめる。葉室さんの言う通りだった。長い黒髪の女性は、闇のなかでうっすら二重に見える。

「あれは……あやかし？」

私のいままでの経験上、こういう二重写しに見えたのは、善治郎さんや絵里子さん、葉室さんたち。善治郎さんは完全にあやかしだし、絵里子さんは人間だけど猫又憑依体質で、葉室さんは半分あやかしの血が流れている。それらから考えれば、あの女性も、あやかしかそれに関連する人であることになる。

「もし、あやかしだとしたら、人間フロアにそのままいさせていいのか」

「そうですね。どうして受付で気付かなかったんだろう」

人間フロアの受付は善治郎さんの大きな仕事のひとつだ。役割は、お客さまが真正の人間かどうかのチェック。万が一、悪意を持ったあやかしが人間のふりをして入ってこないように、善治郎さんが目を光らせているのだ。

「わからない。ひょっとしたら、絵里子さんみたいなある種の憑依体質で、受付のときにはなんともなかったのかもしれないし」

葉室さんはわからないと言いながらも、きちんと筋道立てて考えていた。

「ああ、そうですね」

やっぱり葉室さんはすごいなと思う。いろんなことを知っている。

「おまえ、ちょっと見てきてくれないか」

「え、私がですか」

「だって、おまえ、女だろ。男の俺が『あやかしですか』なんて聞いたら変だろ」

「同じ女性でもその質問は変だと思いますけど……！」

とはいえ、葉室さんの言うことにも一理ある。私は咳払いをして、その女性に近づいた。じっくり見るとたしかに背後に負ぶさるように二重写しになっている。あやかしの線もあるけど、ひょっとしたら亡くなった身内の人の霊とかの可能性もあった。

私に気づいたのか、その女性が私のほうを振り向いた。清楚なお嬢さま、といった上品な顔立ちをしていた。

「あの、すみません」と彼女から話しかけてきた。

「はい、なんでしょうか」

「陰陽師の方による星読みの占い儀式はどちらでしょうか」

「土御門泰明の占い儀式ですね。ご案内します」

泰明さんの天幕へ先導しながら、少し世間話をする。女性は予想通り大学生で、名前は若林朋代《わかばやしともよ》さん。今回はひとり旅だそうだ。大学では私と同じく英文学を専攻しているとのことで急に親近感が湧いた。

「私も来月から三年生なのでそろそろ就職活動なんです」

就職活動という言葉が妙に懐かしい感じがした。つい数週間前は内定にあれだけ執着していたのに。そう考えると、やっぱりこの「いざなぎ旅館」は私に合っているのかもしれない。インターンが終わったら、教授にちゃんとお礼の連絡をしよう。もちろん、一千万円の借金は伏せます。

だから、私は彼女に笑顔を差し出せた。

「頑張ってくださいね」

「なにかアドバイスないですか」

「うーん。一社や二社に断られても動じないこと？」

私にはそれくらいしか言えない。あやかしが見えるせいで就活二百連敗したあげくに、一千万円の借金を背負って温泉旅館で働いていますなんて言えない。

「頑張らないとなあ」と若林さんが苦笑いする。

その間にも、彼女の背中にはなにかが一緒にいた。よいものなのか悪いものなのかと言われたら、悪いものではないだろうなということしかわからない。

「あ、就職活動がはじまるから陰陽師の占いを受けたいと思ったんですか？」

すると、若林さんの表情がかすかに曇った。

「それもないことはないんですけど……。どうしても会いたい人がいて」

「あ、ごめんなさい。お客さまの事情にずけずけと」

「いえ、いいんです。ひとりで来たけど、誰かとちょっとしゃべりたかったんで」

暗い夜のなかでも、若林さんの顔が不安げなのが見て取れる。その顔が、どこか少しまえまでの私みたいに感じた。若林さんも同じなのか、泰明さんの天幕へ案内しても、なにか私に言いたそうにも思える。それは私の独りよがりかもしれないけど。

中庭へ出て、楽しげに会話しながら星空鑑賞している家族連れなどを横目に見ながら、中庭の奥の天幕まで歩いていく。

「こちらが、土御門泰明の星読みの占いの天幕です」

結局、彼女の背後にいるものの正体もよくわからなかった。若林さんが出てくるまで待っていようか。それとも、泰明さんにあとで聞けばいいのかもしれない。いや、そもそもあやかしだったら、泰明さんに会わせていいのかしら。

天幕に入ろうとして、若林さんが少し足を止めた。

「あの、仲居さん——藤原さんも、一緒に入ってもらえませんか。こういう初めてなので、少し不安で」

私のほうが小首をかしげた。

「占いって、個人的なものですよね。私がいてもいいんですか」

「あ、そうですね」と若林さんはほっそりとした指を顎に当てて考える。「それでもいいです。初めて会った人に言うのは変ですけど、他人のような気がしなくて」

こんな楚々としたお嬢さまみたいな人に言われたら、名誉である。断るわけがない。

ちょうど、前のお客さまが出てきたところだ。次の方どうぞ、という泰明さんの声がして、私は若林さんのあとからひっそりと天幕へ入った。

天幕奥の祭壇の横に、陰陽師の格好をした泰明さんが椅子に腰掛けてこちらを向いていた。

「いらっしゃい、若林朋代さん。うちの旅館の温泉は気に入りましたか」

「あ、はい……。どうして、私の名前を――？」

泰明さんは、小さく笑みをつくる。いつものなんでもお見通しの、涼やかな表情だ。

若林さんは周りをきょろきょろし、私を見た。私は首と手を横に振る。

「そういう神秘的な霊能を持っているのです、陰陽師というものは。ちなみに、隠しカメラのようなもので誰が入ってくるかをチェックしていることもないし、一緒に入ってきたうちの仲居が先回りして情報をくれた、なんていうこともありませんよ」

「すごいですね。本物の陰陽師なんですね」

朋代さんが目を丸くしていた。ただ、どこかまだ心のなかになにかを抱えているような雰囲気だったけど。

泰明さんが天幕でどのような話をしているかを見たのは初めてだった。豆柴の件で入ったときにはこんな前置きはなかった。豆柴は最初から陰陽師としての泰明さんに用があったわけだし、そうでなかったとしてもあやかしものなら泰明さんが陰陽師として本物の力を持っているとわかるのだろう。

といういうことは、若林さん自身はあやかしではないと泰明さんはすでに見切ったのだろうか。

泰明さんが、若林さんを祭壇まえに招く。

「ふふ。やっぱり信じてもらえない人相手だと、霊能って発揮しにくいものでね。多少、私のことを陰陽師として信じてもらえないと、信じない心が絶縁体みたいになって逆の結界になってしまうんだよ」

「だから、名前を言い当てて、私を信じさせたのですか？」

「そうだね。それに、根本的に信じてくれない人だと、名前を言い当てたり住所を言い当てたりしているうちに、気味悪がったり怒り出したりして出ていくんだよ。ふふ。だから、冷やかし撃退にもなるのさ」

そういう連中はここで起きたことを忘れるように、天幕の出入り口には呪をかけているけどね、と泰明さんが笑っていた。

「はあ……」と、若林さんが私を振り返る。私も目を丸くするばかりだ。

「さて、若林さん。どういうことを占ってほしいのか、お話をお伺いしますよ」

若林さんはかすかに私の顔を見るような動きを見せたが、すぐに泰明さんに向き直った。

「私の占ってほしいことを占ってほしい、ではダメですか」

なにか聞かれたくないことがあるに違いない。

「あ、やっぱり私、外に出ていましょうか」

と、外へ出ようとする私を泰明さんが止めた。

「私はそれで占っても構わないよ」

「でも、大旦那さま、私がいないほうがもっと詳しく占えるのでは」

「さて。占いというのは、天気予報と一緒。当たるも八卦、当たらぬも八卦」

そう言うと、泰明さんは立ち上がって祭壇に向かった。幣を祓い、私には聞き取れないほど小声でなにかを唱えている。しばらくそうしてから幣を置き、泰明さんは柏手を何回か打った。泰明さんの声が少し大きくなる。

「高天原《たかまのはら》天《あま》つ祝詞《のりと》の太祝詞《ふとのりと》を持《も》ち加加《かか》む呑《の》んでむ。祓《はら》え給《たま》い清《きよ》め給《たも》う」

祝詞、というものの一種なのだろうか。初めて聞く言葉だけど、力を感じる。

泰明さんがまた何度か柏手を打った。その音の余韻が消えた頃、泰明さんが振り返った。そして、柔らかな表情で伝える。

「会いたいときには会いたいものに会えず、会えないときには会いたいものに会える。――これが占いの答えです」

……全っ然、わかんない。やっぱり占いってこんなものなのかしら。

若林さんが気を悪くしていないだろうかと覗き込むと、目線を下に落とした若林さんは思いのほか真剣な顔で沈黙していた。

しばらく黙っていた若林さんが、視線を泰明さんの顔に戻す。

「――ありがとうございました」

彼女と重なっているなにかも一緒に頭を下げていた。泰明さんにも見えているはずなのになぜなにも言わないのだろう。

「若林さん、いまので意味はわかったのですか」

と、私が驚いて尋ねると、若林さんが「ええ」と私に頭を下げた。彼女はもう一度、泰明さんに礼をして天幕を出ていこうとする。慌てて私もあとを追おうとしたが、泰明さんに呼び止められた。なんだろうと思っていると、複雑な模様の描かれた呪符を渡された。

「これはなんのお札ですか」

「ちょっとしたお守りだよ。とにかくこれは持っていなさい」

「はあ……」

わけもわからぬまま、私が呪符を懐に入れると、泰明さんが着物の袖で口を隠しながらあくびした。豆柴の呪符を徹夜で作ったときの疲労がまだ回復していないと言っていた。


翌朝。旅館の朝も慌ただしくはじまる。

朝ご飯の準備は早番の仲居たちがやることになっている。若林さんの占いの翌朝は私も早番になっていた。「いざなぎ旅館」では、朝食は個室対応ではなく、大宴会場で提供している。ご飯やおかずはだいたいできているから、それを大宴会場に準備すればいい。あとはお客さまに自分で取っていただく。いわゆるバイキング形式だ。

お客さまがちらほらと朝食にやってくる。夕べの若林さんもやって来た。

「おはようございます、藤原さん」

夕べの中庭での表情が別人のように、すっきりした顔をしていた。

「おはようございます、若林さん。夕べはよく眠れましたか」

「ええ。おかげさまで」

元から清楚系お嬢さまだと思っていたけど、朝日を浴びて微笑む姿はとても上品で素敵だった。

「よかったです。その感じだと、占いの件もうまく行きましたか？」

途端に若林さんの笑みに苦いものが混じる。

昨日の占いのときの、心になにかを抱えたままの雰囲気が甦ってきた。彼女の抱えているものはなんだかわからないけれども、夕べの占いですべて解決したというわけではなさそうだ。

「えっと、それについては少し考えないでいてみようかなと思って」

「そうなんですか。……あ、ごめんなさい。私、変なこと聞いちゃったみたいで」

「いいえ、そんなことないです。──朝ご飯、いただきますね」

彼女が朝ご飯を取る列に加わると、一緒に早番をしていた葉室さんが私に話しかけてくる。

「あの女の人、夕べの彼女だよな。見違えた」

「明るいところで見たらなおさら美人だったって？」

思わず憎まれ口になってしまった。葉室さんと他の女の人の話するの、あまり好きじゃないかも……。

「そんなこと言ってねえだろ。なんでそんなにつっかかるんだよ」

「別に。むしろ葉室さんこそわざわざ話題を引っ張っていません？」

葉室さんが舌打ちした。

「よく見ろ。昨日はダブって見えていたのが、今日は違う」

そう言われて、私は目をこらす。霊能を研ぎ澄ませるけど、若林さんの周りにはなにも見えなかった。

「本当だ。どうしたんだろう」

「さあな。死んだ人の霊が憑依していただけなら、その憑依霊が外れただけだろうけど、あやかしだったらあんまりよろしくないかもな」

「なにかあるんですか」

葉室さんは若林さんから目を離さずに言った。

「旅館のどこかに残っているかもしれないってことさ」

その言葉の真意を聞き返そうかと思ったけど、奥で子供のお客さまがお味噌汁のお椀をひっくり返してしまって、対応に走っているうちに忘れてしまった。

結局、葉室さんに先ほどの話を確認できないまま、ばたばたと朝食後の仕事に追われはじめる。

仲居の仕事は、朝食の食器の片付け、玄関周りの外掃除、シーツなどのリネンの回収、早めにチェックアウトされるお客さまの対応とそのお部屋の掃除など、やることは山のようにある。

そのなかでもいちばん気合いを入れないといけないのが、温泉周りの清掃。「いざなぎ旅館」の価値の根源は温泉だ。だから、温泉周りの清潔さ、安心感は旅館の評価に直結するのだ。

「大旦那さまの占いで、今日は日がいいから男湯の温泉のスケール落とし、頼むね」

という善治郎さんの言葉に、選抜された葉室さんがため息をつく。

「スケール落としって、なんですか」

同じく選ばれた私が尋ねると、面倒くさそうな顔をした葉室さんが事務所奥の物置に入っていった。私もついていく。

物置という狭くて暗い空間にふたりきり。仕事と思っていても意識してしまう。どきどきする。ダメダメ。仕事仕事。

「〝スケール〟っていうのは、温泉の成分が石灰化したもので、浴槽とか洗い場とかに付着してるんだ」

葉室さんがやれやれといった様子で、物置から見たことのない洗剤を持ってくる。

「大変なんですか」話していないと爆発しそうだった。

「風呂場の鏡に水垢ってつくだろ。アレの数倍厄介なヤツだ。なにしろ石灰化して石みたいになってるからな」

「うわあ……」

男性浴場からはじめる。葉室さんがお客さまがいないことを確認して、清掃中の立て札を立てる。大浴場の栓を抜き、温泉を抜く間に、脱衣所をきれいにした。

善治郎さんと葉室さん、私の三人で一通り湯船を洗い終えたあと、私は白い粉を持って歩き回る。

「おい、こっち頼む」

「はーい」

粉の正体は次亜塩素酸――つまり塩素。プールの水のにおいのもと。カビは温泉成分が好きだからすぐにカビが生える。そのカビを塩素で撃退するのだ。洗い場の隅っこや、露天風呂の岩の合間辺りを特に注意する。カビに塩素をかけてしばらく時間をおくため、辺りに強い塩素のにおいが立ちこめた。

「あんま長いこと温泉使えねえのも具合悪いからよ。スケール落としちまおうか」

「へーい」と葉室さんが力ない返事をする。

葉室さんと私でスケール落とし専用の薬品をかけて、こする。しかし、ほとんど落ちなかった。完全に石になっている。葉室さんはそうそうにため息をつきまくっていた。

「どうした、葉室くん。元気ねえな。大丈夫だって。今日は〝特別ゲスト〟呼んでるからよ」

「ゲスト？　業者の人ですか」

「似たようなもんだ。──おーい、来てくれや」

善治郎さんが呼びかけると、露天風呂を目隠ししている木立や竹垣の向こうからあやかしが跳躍してきた。緑色の肌をして手足はかぎ爪になっている。散切り頭で目がぎょろりとして、長い舌を出していた。

「あの、善治郎さん。このあやかしさんって……」

「知ってっかい？　〝あかなめ〟っていう有名なあやかしなんだけどさ」

善治郎さんがにこにこ顔で紹介してくれた。

紹介されて照れくさいのか、あかなめが頬を少し赤くして頭をかいている。見ようによっては愛嬌があるかもしれないと思った。長い舌も、まあ、大型犬みたいだと考えられなくもない……。

お風呂場で舌の長いあやかしを呼ぶとなったら、なんとなく予想はしていましたよ？　けど──。

「善治郎さん、ごめんなさい。差別とかそういうのじゃなくて、生理的に、あかなめが舐め回した温泉に入りたくないです」

「同じく」と、葉室さんも苦々しい顔をして小さく手を上げて同意してくれた。

「そうかい？　こいつが舐めると相当きれいになるんだよ？」

善治郎さんはきょとんとした表情で言ってのける。

「お願いですから、それだけは……」

葉室さんと私の説得であかなめには舐めることを禁止し、結局、善治郎さんが鬼に変化し、鋭い鬼の爪でかりかりとスケールを削り取ることになった。

「おまえら、〝鬼〟使いが荒くないか？」

と、鬼の善治郎さんが背中を丸めながら愚痴っている。かぎ爪があるからと、あかなめにも爪でかりかりとスケールを削らせる。せっかく来てもらったのだからがんばってもらおう。

温泉のスケール落としをして、もう一度全体を洗い流し、栓をしてお湯を張る。これで今日の温泉掃除は完了だった。

とはいえ、時間はお昼。お客さまのなかで前日までに希望を出した方にお昼ご飯を提供する時間だ。

葉室さんや私はスケール落としがあったので、お昼ご飯のお世話からは外してもらっていた。そのぶん、先に休憩をいただいて、事務所でお昼ご飯を食べてしまう。従業員の導線があるので、お客さまに見つからないで厨房からご飯を運んでこられるのだ。

　ご飯をかき込んだら、まだ終わっていないお部屋の掃除のヘルプに回る。

　善治郎さんの話では、さっきのあかなめは今夜一泊していくとのことで、その部屋を準備しないといけない。今日のギャラみたいなものだ。

「そういえば、今夜はあやかしなら誰でも参加できる宴会が入ってたな。あかなめも参加するか聞いておこうか」

　葉室さんの何気ない確認で、私はちょっと心が暗くなった。

「そうですねぇ……」

「なんだよ」

「いえ、あやかしさま御一行の宴席準備ってまだちょっと苦手で」

「人間フロアと変わらないだろ。まあ、酒の量が尋常じゃないけど」

　人間ならビール何本、清酒一升瓶何本という形だが、あやかしは樽酒複数の大量消費だ。

「まあ、そうなんですけど。小さいあやかしはいいんですけど、大きいあやかしが酔っ払って騒いでいるのは怖くないですか」

「別に。そんな奴、殴り倒していいんだから」

「それは葉室さんが強いからで……」

「――どんなにわがまま言って暴れてても、こっちから手を出せない人間の客のほうが俺は苦手だよ」

あかなめの部屋を作り終えたので、ロビーで待っているあかなめを呼びに行く。あかなめは個室だったことに喜び、さらに今夜はあやかしなら自由参加できる宴会があることに小躍りした。

「オレ、あんまり仕事しなかったのに、ありがとう」と、長い舌を動かしている。頬を赤らめてもじもじしているのはちょっと乙女な雰囲気。ちょっと申し訳ない気持ちになってきてしまった。

「なにか、私こそさっきは生理的に無理とか言ってごめんなさい……」

「オレたちと人の子、感じ方違う。仕方ない。大丈夫。あんたはいい人」

かえって慰められてしまった。

「お部屋に案内します」と葉室さんが言うと、あかなめが葉室さんを呼び止めた。

「ちょっと待って」

「なにかありましたか？」

あかなめがかぎ爪の指で玄関を指さす。

「あそこ。女のあやかしがいる」

見れば、玄関の格子戸の向こうに、うっすらと髪の長い女性のあやかしが立っていた。その姿を見れば、どこか見おぼえがある気がした。

そうだ。あのシルエットは、若林さんだ。散歩をしていて間違えてこちらに来てしまったのだろうか。けれども、普通の人間があやかしフロアへ来ないよう、境界になるドアには「関係者以外立入禁止」と書いてあるはず……。

とりあえず、声をかけてみるしかない。

「いらっしゃいませ。なにかご用ですか」

私が格子戸を開けると、そこには頭にスズランの花を挿したきれいな女性がいた。若林さんではなかった。一瞬人間かとも思ったが、この世のものとは思えないほどきれいな顔をしている。着ているものは白い和服だった。とっさに足下を確認する。はっきり見えない。やはり、あやかしのようだ。

私に声をかけられたあやかしは、初めは驚いた顔をしていた。しかし、私の顔をじっくり見ると、表情を和らげた。

「あなたには私が見えているんですよね。私、若林朋代の背後にいたものです」

「え？」

「鈴菜《すずな》と申します。夕べ、朋代さんがダブって見えていたのは私が重なるように存在していたからなのです」

今度は私の驚く番だった。夕べはダブって見えていた若林さんが、今朝になってそう見えなくなったのは、鈴菜というこのあやかしが離れたからなのか。

「どうした?」と、葉室さんが聞いてきたので、私はいまのやりとりを話すと、あかなめの客室案内を葉室さんにお願いした。

私がロビーに招き入れると、鈴菜さんは私に「話を聞いていただきたいのですが」と言ってきた。

「はい、なんでしょうか」

と私が対応すると、鈴菜さんは何度も言い淀んで逡巡しながら、私に話をした。

「人間と……朋代ともう一度、会って話がしたいのですが、どうしたらよいのでしょうか」

鈴菜さんは真剣だった。必死の面持ちで、すがるような思いを隠さずに、訴えてきたのだった。

「どういう意味ですか」

「そのままの意味です。朋代には私の姿が見えないし、私の声が聞こえない」鈴菜さんは私から視線を逸らして、寂しそうに笑った。「昔は違っていたのに」

鈴菜のその笑顔は、私の胸を苦しくした。さみしいのは、いけないのだ。孤独は、いけないのだ。私の脳裏に、なぜか葉室さんの顔が思い浮かぶ……。

私が先を促すと、鈴菜さんはこれまでの若林さんとの交流について話しはじめた。

──若林さんは小さい頃、あやかしが見えていたのだという。若林さんの家の庭で育てていたスズランの花を縁として、鈴菜と知り合ったらしい。

『お姉さん、着物がきれいね』

『──私が見えるの？』

小さい頃は病気がちで学校を休むことが多かった若林さんにとって、鈴菜さんは遊び相手であり、いつもそばにいてくれる頼れるお姉さんでもあった。ただひとつ、若林さん以外の誰にも見えないことを除いては。

大きくなるにつれて若林さんの身体は丈夫になっていった。すると自然に学校の友達と遊ぶ時間が増える。友達はあやかしが見えない。そんな友達と一緒に遊び続けているうちに、友達の感覚が沁みてくる。やがて、まだ子供だった若林さんの心にこんな考えが芽生えた。

あやかしが見えない友達がおかしいのではなく、私がおかしいのではないか。

ただ無邪気なだけの子供時代からやがて大人になるように、人間として生きている以上、仕方がないことでもあった。

人間の心は想いを具現化する。

あやかしに疑問を持った若林さんは、中学生になる頃には本当に鈴菜さんの姿が見えなくなってしまったのだ。両親の勧めもあって中学受験で勉強をがんばりすぎたことも、あやかしを見る霊能をセーブすることにつながってしまっていた。

『鈴菜？　鈴菜？』

と、中学生の制服を着た若林さんが呼びかける。

『ねえ、鈴菜。隠れてないで出てきて？　ほら、私、中学生になったのよ？　勉強がんばって、私立に入ったんだよ。制服、かわいいでしょ？』

しかし、答えはない。

若林さんの口がへの字になる。

『鈴菜……どこへ行っちゃったの……？』髪をかきむしるようにしながら、つぶやく。

そう言って泣いている若林さんの目の前に、鈴菜さんはいたのに。涙を流しながら制服姿の若林さんを抱きしめようとしていたのに――。

話しながら鈴菜さんは涙を流していた。私はどうしたらいいかわからなくて、おろおろと鈴菜さんを見つめる。その横で葉室さんはばっさりと言ってのけた。

「それ、あんたが悪いわけじゃないだろ。あやかしがいない、神さまがいない、目に見えないものなんていない、と考えている他のガキが悪い。そんな連中の考えに毒された朋代って女が悪い」

「葉室さん！　なんてこと言うんですか!?」

けれども、葉室さんは止まらない。あやかしを否定し、あやかしが見えることを嘲笑する人間が目の前にいるかのように、厳しい口調で続けた。私もそういう人間には本当はうんざりしてきた過去があるから、葉室さんの激しい口調も理解できる。たぶん、葉室さん自身もそうなのだと思った。

「だってそうだろ。だいたい、現に〝いる〟ものを、自分たちの目に見えないというだけの理由で排除しようとするのが傲慢なんだよ。そういう連中に限って、やれ現代の科学がとか、やれ合理的根拠がとか言い出すけど、自分がわからないだけで信じられないとかいないとか言う連中のほうが、よっぽど〝非科学的〟だと俺は思うけどね」

「まあ、そうかもしれないですけど」

私が曖昧に相づちを打つと、葉室さんは話の矛先を私に向ける。

「おまえ、サメって知ってるよな」

「ええ」

「世界中に何種類いるか知っているか」

「それは――知らないです」

「五百種類以上いる。しかし、そのなかで生態が完全に解明されているものは何種類いると思う？」

「うーん。百種類くらい、ですか」

「ただの一種類も解明されていない」

「えっ⁉」衝撃的だった。

「むしろほとんどなにもわかっていない。じゃあ、〝科学的に解明されていないから〟サメは嘘か。幻か。〝非科学的〟なものなのか。サメの肉で作ったかまぼこはそんなにあやしいものなのか。傲慢にもほどがある。科学技術は便利だ。それは俺だって認める。だけどな、そもそも、目に見えない、現代の科学で解明できないから〝あやかし〟であり〝神さま〟なんだよ」

葉室さんの話を聞きながら、私はなぜ葉室さんが気になるのか、少しわかった気がした。この人は、私が答えを出せていないことに、一生懸命ひとりで格闘してきた人なんだ。

「葉室さん、いろいろ考えているんですね」

私はお世辞ではなくそう言ったのだが、葉室さんは、おまえが考えなさ過ぎなだけだと憎まれ口を叩いて鈴菜さんに向き直った。

「鈴菜だっけ？ そんな傲慢な人の世にそもそも期待してたのか？ 何百年何千年と生きているあやかしから見たら人間との接触なんてほんの一瞬の出来事。あんただって、似たようなことはこれまでにも経験してきたんじゃないのかよ。なにをそんなに思い詰めているんだ」

葉室さんの声からは、初めから結果がわかっている出来事へのあきらめといらだちがにじんでいる。

するると、鈴菜はぽろぽろっと涙をこぼした。

「ええ、わかっています。何度も同じようなことは経験してきました。だからこそ、もう耐えられないのです」

鈴菜さんの涙と声が心を打つ。魂から絞り出すような声だった。

「……………」

「あの子からしてみたら、私がいきなりいなくなってしまったと思っているかもしれない。現に朋代は私のことで傷ついています」

「鈴菜さん……」

私が思わず声をこぼすと、鈴菜さんは私たちに懇願するように言った。

「せめてひとこと。ひとことだけでいいんです。傷つけるつもりはなかったのだと、ひとことだけ——謝りたいんです」

そのために、若林さんの中学生の日からずっと憑いているのだった。

届かない声を伝えたい、ただそれだけの一途さが私の心を打った。

「分かった、鈴菜さん。なんとかしてあげる」

「おい！　なにを適当なこと言ってるんだよ」

葉室さんならそう言うと思った。でも、私も言い返す言葉は決まっている。

「だって、かわいそうじゃない」

私の言葉に葉室さんが髪をかき上げ、呆れたように言う。

「全然、合理的じゃねえな」

「合理的じゃないから〝あやかし〟なんでしょ」

葉室さんはさっき自分の言ったことを私に言われて、一瞬言葉に詰まったような顔をした。こいつ……、と言いたげな面倒くさそうな顔になる。だけど、私は怯まない。じっと葉室さんの目を見ていたら、不意に葉室さんが笑みを漏らした。

「ふふ。やっぱ、おまえ面白いわ」

葉室さんの笑みを見たことと、勝ったという気持ちで私は内心ガッツポーズをしていたが、このあとの鈴菜さんの言葉に身の引き締まる思いがした。

「この温泉のことはこれまで知りませんでしたが、千載一遇のチャンス。私の霊力もそろそろ尽きようとしています。本当に最後のお別れを言いたいのです」

鈴菜さんの微笑みが透けるように儚げに見える。そばの切り花の花びらが一枚、音もなく落ちた。


翌日、朝食の準備をする当番ではなかったが、私は早めに出勤した。若林さんとお話をするためだ。

といっても、なにを話したらいいのか、ほとんど考えていない。昨日の夜、日没になってすぐに私は泰明さんのところへ、鈴菜さんの願いを叶えるための相談に行った。夕べは晴れていたから中庭での占いやお祓いがあったけど、泰明さんは快く時間を割いてくれた。いろいろ打ち合わせたあと、泰明さんは最後に結論とことわって、ひとことだけ言ったのだ。「今夜ではない。明日がその日だよ」と。

そういうわけで、私は今日に賭けている。同じく泰明さんがひとこと、「葉室くんも静姫ちゃんのそばにいること」と言ったので、葉室さんも一緒だ。やる気はあまり感じられないけど。

「若林さん、おはようございます」

私が満面の笑みでお辞儀をすると、若林さんも微笑み返してくれた。

「おはようございます、藤原さん」

「今日もいいお天気ですね」

「ええ」

若林さんがもう一度軽く頭を下げて、朝ご飯を取りに行く。私は笑顔で手を振る。

葉室さんが私に突っ込んだ。

「……なに、普通に見送ってんだよ」

「だって、会話が続かない――」

「そんなもん、直接、話しちまえばいいじゃないか。『鈴菜っていうあやかしがあなたに会いたがってるけど覚えてますか』って」

葉室さんが結構本気で顔をしかめている。それはないだろう。

「なに考えてるのよ。そんなことできるわけないいじゃないっ」

「そのほうが手っ取り早いだろ」

たしかに手っ取り早い手段ではあるかもしれない。しかし、なんの脈絡もなく、あやかしの話をされたら警戒されるに決まっている。

それにもし、もしも、万が一のことだけど、若林さんが鈴菜なんて知らないと否定したら、鈴菜さんは絶対に声を届けられない。信じていない人には見えない――それがあやかしや神さまのルールなのだ。それにもしそんなことになったら、鈴菜さんは悲しみのあまり、いますぐにでも消えてしまうかもしれない。

私はもう一度、心のなかで気合いを入れて若林さんに近づく口実を探す。お茶だ。お茶くみサービスだ。私は麦茶のピッチャーを持って、奥でひとりで朝ご飯を食べている若林さんに近づいた。

「麦茶のおかわり、いかがですか」

「あ、ありがとうございます」

お漬物を口に運んだ若林さんがコップを差し出す。ちなみに、朝ご飯のメニューは、ご飯に味噌汁、鮭の切り身に厚焼き玉子、焼き海苔、お漬物という、温泉旅館らしい朝ご飯だった。

「温泉、ゆっくり入られましたか」

「ええ、おかげさまで。肌がつるつるになりました」

「ありがとうございます。うちの温泉は泉質が単純温泉で、お肌にいいんです」

「藤原さんもおきれいですよね。やっぱり毎日温泉に入っているからですか？」

私はピッチャーを畳に置き、笑顔を崩さないように続けた。

「またまたそんな。私たちは従業員ですから温泉は使っていません」

「そうなんですか」

「ええ。けれども、この温泉にはちょっとした言い伝えがあって、〝あやかしたちがやってくる温泉〟なんて言われてたそうです」

笑顔だった若林さんの表情が少し曇る。

「あやかし……」

私はあえて笑顔で続けた。

「ふふふ。面白いですよね。若林さんは信じます？　あやかし」

箸を置いた若林さんが意を決したような表情になった。

「実は私、小さい頃、あやかしが見えたんです」

突然の告白に、私はちょっと言葉を失う。若林さんから告白してくれるとは思わなかった。案外、葉室さんの言う通り、正面から聞いてしまったほうが早かったのかもしれない。若林さんがそう言ってくれた以上、私も正直に行こう。

「実は——私もあやかしが見えるんです」

私も告白すると、若林さんが驚いた表情で息をのんだ。

「藤原さんもですか。ああ、でも、だから私は藤原さんを最初に見たときになにか安心するようなものを感じたのかもしれないですね。同じようなにおいというか」

いたずらの仲間を見つけたように若林さんが微笑んだ。

「そうかもしれませんね。私の場合は、小さい頃だけじゃなくていまも見えてて」

「えー、そうなんですか？」

「小さい頃はあやかしが怖くてよく泣いてて、だんだん泣かなくはなってきたけど、就活のときにもあやかしが見えて見えて……。おかげで就職活動の面接を落ちまくったんです」

「あやかしで、面接に落ちる？」

若林さんはいたって真剣な顔で聞いてくれている。自分でもこんな話をする日が来るとは思っていなかった。思わず笑ってしまった。

「ふふ。面接官のおじさんに蛇とかひとつ目の禿げたのとか、いろんなあやかしがまとわりついているんです。それが面接をしている間中、ずっと話しかけてくるから、もう、気持ち悪くて……」

私がおどけてみせると、若林さんに少し笑顔が戻った。

「そうなんですね。藤原さんは怖い目ばかり遭ってたんですか」

「そうですねぇ……。こっちに来てからは、自然が多いからですかね、穏やかなあやかしにも会いましたね。このまえも神社の神さまのおつかいだっていうふかふかの豆柴ちゃんがいました」

もふもふ祭りは最高だった。いつも私のそばにいるしろくんが、「ぼくのことも忘れちゃダメだよ」とばかりにきゅーんと鳴いている。そうだね、しろくんもずっと私のそばにいてくれるもんね。

「いいなぁ」と、若林さんが心底うらやましそうにしたあと、少し声を潜めた。「私も、小さい頃はあやかしの〝お友達〟がいたんですよ」

「素敵じゃないですか」

若林さんがまたびっくりした顔になった。

「〝素敵〟ですか」

「ええ」

私はもう、若林さんの〝お友達〟だった鈴菜さんを知っている。きれいで友達想いのあやかしの女性だった。私がそんな思いを込めて頷くと、若林さんは鮭の切り身を箸で細かくしながら苦笑する。

「私、小さい頃に藤原さんみたいな人と会いたかった」

「どうしてですか」

「だって、あやかしが見えるって言っても、馬鹿にしないから」

若林さんはさみしそうな顔で微笑んだ。

そのひとことでわかった。若林さんも、あやかしが見えることで周りから奇異に見られてきたのだ。ただ本当のことを言っているだけなのに。

同時にもうひとつわかったことがある。それは、そんな環境のなかで鈴菜さんの存在がどれほど癒しになっていたかだ。

もし、若林さんと同じように、私にも鈴菜さんのような友達がいたら、きっとこの霊能を楽しく思うこともできただろう。あるいは、就活においても、怖がるだけではなくてもう少し余裕ある態度がとれたかもしれない。ちょうど、しろくんや豆柴や、この宿で働くみんなと接したことで、いまの私があやかしに対して気持ちの余裕があるように。

「そのあやかしのお友達は、なんて名前だったんですか」

「鈴菜という名前でした。私の家にはスズランの花があって、そこに立っていたんです。でも――」

若林さんが言葉に詰まった。目線をさまよわせ、言葉を捜す。

「なにがあったんですか」

「中学受験が終わったあと、突然、私があやかしを見られなくなったんです」

「見られなく、なった――？」

若林さんの箸はすっかり止まっていた。苦しそうに言葉を紡ぐ。

「子供って、ある日いきなり変に大人ぶりたくなるじゃないですか。私にとっては中学受験が終わった自信とか解放感みたいなものがそうさせたんだと思います。そのときに、私も学校の友達に合わせて思ってしまったんです。〝あやかしなんて目に見えるわけがない、いるわけない〟って」

「そうしたら、見えなくなった……？」

若林さんが何度も小さく頷いた。

「鈴菜はやさしいあやかしだったんです。それなのに、私が〝あやかしなんていないんだ〟なんて思ったりしたから、いなくなっちゃったのかもしれません。せめてちゃんと、もう一度お話がしたくて。ありがとうって、ごめんなさいって言いたくて。だから、この温泉の陰陽師占いを聞いてやって来たんです。へへ」

若林さんが笑いながら少し洟を啜った。

胸が詰まった。若林さんも鈴奈さんも、互いをとても大切に思っていて、それなのにどこかですれ違ってしまったのだ。

絶対にふたりの気持ちをもう一度つなげたい――。

「そのあやかしは、きっと若林さんの気持ちもわかってくれてますよ」

「そうだとうれしいな。それともやっぱり――私のせいで人間なんて嫌いになっちゃったかな、なんて……」

若林さんが朝ご飯を再開する。私は若林さんから視線をずらし、誰もいない部屋の隅をじっと見つめる。しかし、そこには誰もいないのではなかった。そこには鈴菜さんがいて、「朋代、そんなことない。人間のことも朋代のことも、私はいまでも大好きなのよ」と、声をからしていた。

その鈴菜の姿を見ていて、私の気持ちも定まった。このふたりをちゃんと会わせてあげよう、と。

日が暮れた。「いざなぎ旅館」の空に星が出てくる。

『ご来館のみなさまにご案内申し上げます。本日は、特別プログラムとしまして、陰陽師・土御門泰明による星のメッセージを聞く集いを開催いたします。どなたでもご参加になれますので、ご希望のお客さまは中庭へお越しください――』

館内放送が入り、女性客を中心にお客さまが動いていく。興味津々という人もいれば、半信半疑という人もいた。私は誘導をしながら、若林さんを捜す。朝ご飯のときに今夜の集いは特別なのでと告げて誘っておいたからだ。

「おい、来たぞ」

と、葉室さんが私の肩をつついた。若林さんだ。私が伸び上がって名前を呼ぶと、彼女は楚々とした笑みを浮かべた。

「面白そうな集いに誘っていただいて、ありがとうございます」と若林さん。

「なんでも年に数回、星の巡りがよいときしか開催しないそうなので、若林さん、ラッキーですよ」

葉室さんと私が若林さんを見送ると、しばらくして、今度は温泉を使った鈴菜さんが「お待たせしました」と言ってやって来た。普通の人間の目には見えないが、温泉の力で霊力がみなぎり、美しさに磨きがかかっていた。頬にうっすらと微笑みを浮かべ、透き通るようだった。

私はいまの鈴菜さんの美しさにどこか凄絶なものを感じないではいられなかった。

「本当にいいんですね」

と、私が尋ねると、鈴菜はきっぱりと頷いた。

これから開かれる星のメッセージを聞く集いというのは、鈴菜さんの願いを叶えるために、昨日、泰明さんと打ち合わせをして急遽決めたものだった。

昨日、泰明さんに鈴菜さんのことを相談したときにこんなやりとりがあったのだ。

――鈴菜さんのあやかしとしての寿命が尽きかけている。これは天が定めたものだから、どれほど「いざなぎ旅館」の温泉に力があっても、どうすることもできないというのが、昨日の打ち合わせでの泰明さんの見立てだった。

だからこそ、できることがあると泰明さんが言った。それは、鈴菜の霊力を温泉の力で一挙に強め、さらに泰明さんの法力を注ぎ込むことで、一時的に鈴菜さんを若林さんに見えるようにすることができるのだという。

鈴菜と私は思わず笑顔で見合ったが、いいことばかりではなかった。

『だけど、この方法は粗雑な現世の波動にむき出しの素肌をさらすようなもので、鈴菜の残りわずかな寿命を一気に縮めてしまうだろう。それでも、やるかい?』

泰明さんの質問に私は言葉を失った。泰明さんはただ静かに事実だけを提示し、鈴菜さんの選択を待っている。鈴菜さんも先ほどの喜色が消え、青白い顔になっていた。

それでも鈴菜は、最終的に泰明さんの目を真っ直ぐ見てこう言ったのだ。

『誤解され、朋代を苦しめたままで、消えていく日をただ待つよりも、私の気持ちを伝えるほうを選びます。たとえそれで、いますぐ消えてしまうかもしれなくても』

だって、朋代は私の大切な大切な〝お友達〟だから。

そこに、人間だとかあやかしだとかの違いは存在していなかった——。

満天の星を見上げていると、泰明さんの声が降ってきた。

「横になったまま、呼吸を整えてください。心を調和してください。星空を眺めて儀式を行いますので、目は閉じなくてかまいません——」

今日は天幕を張らずに祭壇を設置している。中庭のどこからでも祭壇と陰陽師姿の泰明さんが見えた。そばに目立たないように善治郎さんが立っているのは、天幕を張っていないぶんの結界代わりらしい。見た目こそただのおじいさんの番頭だけど、普段よりも鬼の霊力がみなぎっている。半端なあやかしがちょっかいを出したら、すぐさま鬼の気にあてられて消滅しかねないくらいだった。

中庭で仰向けになって星空を見つめる人々が深呼吸を繰り返している。

みるみる磁場が穏やかになっていくのが分かった。

その人たちの間をぬって葉室さんと私は、鈴菜さんを泰明さんのそばに連れていく。

誰も気付いていない。

降るような星空の下、白い狩衣姿の陰陽師がスズランのあやかしに呪符を渡した。

鈴菜さんは呪符を抱きしめる。祈りを込めて。

呪符が柔らかな光を放ち、鈴菜さんの胸に注がれていく……。

鈴菜さんに呪符の力がしっかり作用するまでまだ時間があるだろう。その間に、泰明さんは星のメッセージを受け止める儀式を進めていた。

「星々に心を解き放ってください。宇宙は無限です。それは根本の神の念《おも》いのなかにあるからです。さあ、心のなかで問うてみてください。あなたが問いかけ、あなたの心が答える。それはあなたであってあなたではない、星の声。自問自答の形を通して大切な人もあなたに答えてくれるでしょう」

鈴菜さんのために急に開催することになった儀式だけど、泰明さんは全力だった。足下には光る雲のように法力が渦巻き、全身から黄金色の細かな光の線が四方八方に伸びていた。

泰明さんの声が消えると夜のしじまのなかに、小さくヒーリングミュージックがかかっている。その曲もまた青い星々の吐息のように、神秘的な世界へ心を誘っていた。

中庭のそここで、洟を啜るような音が聞こえる。泰明さんの誘導で、なにかしらの神秘現象を体験した人が泣いているのだ。見れば、羽衣を纏ったきれいな格好の女神たちが、宙に浮かびながら花びらを降らしていた。昨日の泰明さんの話では、感度のいい人なら亡くなった人との対話も本当にできるという。たしかに、女神さまでもあやかしでもない霊的な存在も少し見えた。

その間に、私たちは若林さんに近づいていく。

少し離れたところで寝転んでいた若林さんは、うまく誘導に入れないのか、頭を振って上体を起こしていた。

そのすぐそばに人が立っている。

誰だろうかといぶかしむ若林さんが、中庭に腰を下ろしたまま見上げた。

その瞬間、若林さんの両目から涙が吹き出した。

「ああ……そんな……あなたは——」

美しい着物姿、楚々とした笑み、かんざしのように挿されたスズランの花——その女性がささやくように若林さんに語りかけた。

「朋代。私の姿が見える？」

「もちろんよ！」どんなに涙を流していても、若林さんが彼女を見間違えるわけがなかった。「鈴菜！　鈴菜なのね⁉」

弾かれるように立ち上がった若林さんの身体を、鈴菜さんが受け止める。しっかりとした肉体の感触で受け止められた若林さんが、鈴菜さんを不思議そうに見つめる。

「静姫さんや陰陽師の大旦那さんたちのおかげなの」

「藤原さんたちの——？」

若林さんが、鈴菜の後ろに立つ私や葉室さんに目を向けた。

「このまえの陰陽師の占い、当たったでしょ？」

と、私は若林さんの注意を鈴菜に戻す。いまは、いまだけは、一秒でも鈴菜さんとの時間以外に使ってほしくないのだ。

鈴菜さんもそれはわかっていた。だから、真っ直ぐな言葉を口にする。

「朋代、いきなり見えなくなってしまってごめんなさい」

「鈴菜……。私こそ、あやかしなんて本当はいないんだなんて思っちゃったから、鈴菜のこと、悲しくさせちゃったよね。ごめんなさい」

鈴菜さんは若林さんの頬の涙をぬぐってあげた。

「人の子はある日、私たちの姿が見えなくなることはよくあるもの。それは仕方がないこと。でも、私はいつもずっと朋代のそばにいたんだよ。これからも、ずっと朋代の幸せをいつも祈ってるからね」

「ありがとう、鈴菜。ねえ、もう見えなくなったりしないよね」

鈴菜さんは黙って微笑む。若林さんの顔がなにかを予感したように固まった。

そのとき、泰明さんの儀式への誘導の声がする。

「天の星が地に降りたかのように、蛍が舞っています。少し早めの蛍たちの光に想いを乗せて、祈りとして解き放ってみてください」

その言葉通り、まだ季節には早い蛍が中庭にふわりふわりと飛んでいた。

満天の星と蛍が中庭を満たす。

幻想的な空間のなか、鈴菜の身体の輪郭がほのかに光りはじめた。

「鈴菜？」

ぼんやり光る自分の手を見つめ、無数の星を見上げて鈴菜さんが告げた。

「どうやら、時間みたい」

「時間って――」驚き、うろたえる若林さん。

「あやかしは人の子よりも遥かに長い時間を生きる。けれども、寿命がないわけじゃない。その寿命が尽きるときが来たの」

そう言う間にも、鈴菜さんの身体から細かい光の粒がふわふわと飛んでいく。まるで蛍の光のようだった。

「嘘でしょ。せっかく会えたのに」

抱きついて泣きじゃくる若林さんを鈴菜さんがやさしく抱きしめる。

「最後にちゃんとお話しできてよかった。あやかしの一生の最後に関わった人の子が朋代で、私は本当に幸せだったわ」

ありがとう――。

鈴菜さんの身体が輪郭を失った。無数の蛍のような光の粒の集まりになる。一陣の風が光の粒を吹き散らした。

鈴菜さんであったものは、本物の蛍たちと共に星空へと飛んでいく……。

鈴菜さんと若林さんの最後の心の交流を手伝えてよかった。

そのときふと、不思議な考えが私の心をよぎる。

あやかしが見えることは素敵な贈り物なのかもしれない、と。

鈴菜さんがいた場所には、力を失った泰明さんの呪符が、模様も消えてただの紙切れになって残されていた。

若林さんがその紙切れを拾って、胸に押し当てて泣いている。

第四章　記憶喪失の神さま

鈴菜さんが星空へ消えていってから二日経った。若林さん――朋代さんは、もともと鈴菜さんに会いたいと思って来た旅だったが、いまは鈴菜を偲ぶ旅になっている。だが、その悲しみも徐々に癒えてきているようだった。

「おはよう、静姫さん」

「おはようございます、朋代さん」

あの夜を境に、私たちは下の名前で呼び合う友達になったのだ。

「朝ご飯、いただきますね」

「はい。今日はどうされるんですか」

「昨日、いい感じの古民家風カフェを見つけたんです。ご飯のあと、温泉に入ってカフェの開店時間になったらそこでゆっくりしようかと」

「へえ〜。そんなお店があるんですか」

「あとで場所を教えますね」

軽く手を振って、朋代さんが朝食をとりに行く。入れ替わるようにやってきた葉室さんが、私に話しかけた。手にはスマホを持っている。

「あの人、どうだ」

「……少しずつ笑顔が戻ってきました」

葉室さんがスマホから私の顔に視線を移した。

「ここの温泉は悲しみも癒してくれるのかもな。すぐに忘れることはできないかもしれないけど」

珍しく感傷的なセリフだ。葉室さんなりのやさしさを感じた。

「わかりませんけど……私は忘れないほうがいいような気がします」

「え？」と葉室さんが不思議なものを見るように私を見た。

「悲しみは本気で抱きしめたときに光に変わるような気がするんです」

葉室さんが小さくため息をついて、スマホに目を戻す。

「やっぱり、あやかしと人間ってのは――」

最後の言葉は葉室さんの口のなかで消えてしまって、私には聞き取れなかった。

他の仕事をしながらも、私の想いは気付けば朋代さんの幸せを願っていた。


鈴菜が光の粒になって消えたあの夜、私は自分の部屋に戻ろうとした泰明さんにある質問をした。それは以前、葉室さんが教えてくれたこの温泉の言い伝え――結ばれなかったあやかしの青年と人間の娘の悲恋――の真相についてだった。

『どうしてそのことが気になったんだい？』

狩衣姿の泰明さんは微笑んでいるが、さすがに疲労の色は隠せなかった。なにしろ、何十人もの人たちの霊的指導を都合三十分していたのだから、法力も体力も相当消耗しているはずだった。そんな状態の泰明さん相手に申し訳ないと思いながらも、どうしても聞かずにはいられなかったのだ。

『さっきの、鈴菜さんと若林さんの関係、ただ悲しいだけじゃなかったように思えるんです。人間とかあやかしとか、性別とかそういうものをすべて超えたもっと大きなつながりというか――』

泰明さんは少し乱れた耳の上の髪をいじりながら、遠い目をした。

『言い伝えというものは、遥か昔の真実を土台にしながら、それをあるいは正しく、あるいは隠蔽《いんぺい》し、変質させながら伝えていくものなんだよ』

『隠蔽……なにを隠しているのですか』

泰明さんは小さく首を振る。

『儀式の誘導のときの言葉、覚えているかな。〝宇宙は無限〟〝根本の神の念いのなかにあるから〟って。ここで言っている根本の神というのは宇宙をも超えた存在。うちの温泉に来る八百万の神々の大本の存在』

『はい』

『その存在から見れば、この小さな青い星に生きるものたちは、人間もあやかしも神さまもすべてが幸福を目指して健気に生きている存在に見えているんだろうね。だから、私には大宇宙の神は宇宙全体に〝すべての存在よ、生きとし生けるものよ、幸福であれ〟と遥かなる祈りをくださっているように思えるんだよ』

そう言い残して泰明さんは襖の向こうへ消えていった——。

泰明さんの言葉は抽象的で私には難しく聞こえたけれど、ひとつだけ心に引っかかったことがあった。

——大宇宙の神は宇宙全体に〝すべての存在よ、生きとし生けるものよ、幸福であれ〟と遥かなる祈りをくださっている。

星降り温泉の夜空に広がる無限の星々のひとつひとつが、生きとし生けるものを慈しむ大宇宙の神の祈りのひとつひとつだとしたら……。

現代に生きる私たちは、都会ではもうその満天の星を見ることができない。だから、私たちはさみしいんだ。そんな遥かなる無数の祈りに包まれていることを思い出せば、私たちはさみしくなんかないはずなのに。

そんなことを、ずっと考えている。

「お、どうしたの、静姫ちゃん。なんだか物思う顔しちゃって」

絵里子さんだった。朝ご飯の片付けが終わって、今日の宿泊者数の増減をチェックに事務所へ行くところのようだ。

「え、そんな顔してました？」

「うんうん。なんかこう、詩集とか読んでそうな、深窓の令嬢みたいな」

「あはは。私、似合いませんよ」

「ひょっとして、葉室さんのこと考えてたとか」

瞬時に顔に熱が集まる。私は大慌てで首と手を振った。

「そそ、そんなことないですっ。私が葉室さんのことなんて、それないっ。絶対ないですからっ」

「うーん？　私は葉室さんのことを『仏頂面』って考えてるんじゃないかなって思ったんだけど、どんなふうに考えてるのかなぁ～」

絵里子さんが意地悪い顔でにまにましている。

「か、からかわないでくださいっ」

絵里子さんが、あははと笑い声を残して事務所へ消えていく。まったく。

すぐ後ろで聞き慣れた咳払いがした。

「あのさ、聞こえてんだけど」葉室さんが気まずそうな顔でこちらをじとーっと見ていた。よくよく見ると顔がほんのり赤い。

「――外掃除してきますっ」

私は耐え切れず、その場を逃げ出した。

「まったく、絵里子さんのおかげでひどい目に遭った……」

ぶつぶつと言いながら今日の仕事に取り掛かる。玄関外の掃除をはじめると、冷たい風が吹いた。日差しは少しずつ暖かくなっているはずなのに、三寒四温の言葉通りだった。「いざなぎ旅館」の周りや買い出しに行くときに通る山道は、桜の木がたくさん植えてあるけど、つぼみはまだ固い。東京だと三月下旬に桜が咲き、四月を待たずに散ってしまう。けれども、このあたりの桜は例年四月中旬に咲くのだそうだ。

もうすぐ三月も終わる。いまならまだ大学生の延長線上な気持ちだし、実際、インターンだった。業務はまだまだこれからかもしれないけど、何人かのお客さまと深く接して、それぞれ他の人にはないドラマがあった。そこに私が立ち会わせていただけたことがとても栄誉なことに思える。四月に本採用になって、そんなお客さまとの出会いがあるのだとしたら、「いざなぎ旅館」での仕事はとてもやりがいのある素敵な仕事になるだろう。

まだ緑の葉の少ない時期だから、外掃除といってもゴミは少ない。そう思って気楽にやっていたら、葉室さんに怒られたことがある。私が「いざなぎ旅館」に来た当初の頃だ。外掃除はただゴミを集めるだけではない。お客さまに気持ちよく宿に来てもらうためだし、もっと言えば、掃き清めることで結界を張り、温泉の霊力を守っているのだ、と。これは、いろいろな宗教や霊場においても同じ考えだそうだ。

葉室さんの教えを丁寧に思い出している自分がちょっとおかしかった。箒で掃く。そのときに、ざわざわとした磁場の乱れも掃き清めるようにイメージする。私が箒で掃いたところが、鏡のように平らでなめらかで、輝いているイメージ。私の足下でしろくんが背を伸ばしたり、後ろ足で頭をかいたりしていた。

外掃除があらかた終わり、顔を上げると表の道の目隠しになっている木々の向こうから、少年がひとりで歩いてきた。すらりとしていて、切れ長の目をしている。どこか葉室さんに似ているなと思ってしまって、頭を振る。

その間に、少年が近づいてきていた。口元に楽しそうな笑みを浮かべている。

「おはようございます」

と、私は笑顔で挨拶する。

手になにも持っていないから、旅館に泊まっているお客さまが散歩にでも出ていたのかと思ったけど、見たことがない顔だった。中学一年生くらいだろうか。デニムにシャツ。近くで見ると目つきは結構鋭い。目が悪いのかもしれない。眉がやさしい角度で少したれているから中和されているけど。男の子にしては色白で、たぶんあと何年かしたら女の子が放っておかないイケメン予備軍、といったところか。

しかし、近づいてくる少年からは人間でもあやかしでもない気配が放たれている。あえてそれを言えば、神気――「神の気」とでもいうべきものだった。神さまのおつかいで来た豆柴も同じような気を纏っていたけど、密度が違う。

私の足下で、しろくんが「きゅーん」と鳴いていた。

私の近くまで来ると、少年は顎を少し上に向けるようにして笑顔になった。

「ふーん、一丁前に結界を調えることはできるようになったか」

少年が年に似合わない口調で言った。声音は少年のように軽やかなのに、威厳のようなものをにじませている。

「失礼ですが、お客さま、でしょうか」

「わしか？　客といえば客になるだろうかな。たしか〝お客さまは神さまです〟という言葉があるのだったな。うむ。ならば客だ」

わけのわからない返答に、私は頭を回転させる。

「えっと、また失礼なことをお聞きしますが、神さま、でしょうか」

「わしが神ではおかしいか」

急に少年が拗ねたような顔になった。

「いえ、そのようなことは……」

「八百万の神々の末席を汚してはいるぞ」

神さまと言われても、こざっぱりしたシャツを着た清潔感のある少年くらいにしか見えない。神さまというなら、もっとそれらしい格好であってしかるべきなのではないかしら。

私が「いざなぎ旅館」で働きだしてからこれまで、神さまご自身のご来館はなかった。そもそも神さまをお通しする場合、人間フロアの玄関がいいのか、あやかしフロアの玄関がいいのか、それすらもわからない。

すると、不意に頭上から風が吹いた。強い風で砂が舞い上がった、と思った次の瞬間、私と少年の間に着物の男性が立っていた。私からは背中しか見えないが泰明さんだとすぐにわかった。それよりももっと大事なことがあった。泰明さんの身体が透けて、向こうに立っている少年の姿が見えるのだ。

「突然のお出ましに、なんの用意もいたしませんで申し訳ございません」

いつもの泰明さんの声だが、若干の緊張が混じっているのが感じられた。

「構わぬ。こういうところへ来るには、人の世では〝予約〟というものをしなければいけないのだろう？　なにもせずに来たのはわしのほうじゃ」

「恐れ入ります。差し支えなければ、どちらの神さまでいらっしゃるか、お教えいただけますでしょうか」

泰明さんが少年の正体を確かめようとしたが、少年は肩をすくめた。

「わからん」

「わからない、とは……？」

珍しく、泰明さんの顔に動揺が走った。

「どこかの神社で祭られていた記憶はある。いろいろな願いごとを聞いていた。恋愛、結婚、商売繁盛、受験合格、交通安全、子宝、その他諸々だったな。つっ……」

その少年がこめかみのあたりを押さえた。

「大丈夫ですか」

と泰明さんが声をかけると、少年は追い払うように手を振った。

「大丈夫だ。なぜか急に頭が痛くなったが、すぐに収まった」

「そうでしたか」

泰明さんは同情するような顔で頷く。この少年は具合が悪かったりするのだろうかと私のほうがいろいろと気をもんでしまう。

「突然霊力が著しく落ち、このような少年の姿になってしまった。気付いたら西の山中にいて、かすかな記憶とあやかしどもの話を頼りに、霊力を甦らせる温泉があると聞いてここにやって来た」

「さようでございましたか」

「しばらく逗留し、ここの温泉を使わせてもらいたいのだが」

「もちろんです。喜んで」

「ありがとう。おぬしこそ、昼間は人型のまじないでなければ人前に出られぬのだから、大変よの」

「昼間はこの地をお護り申し上げていますので」

泰明さんがずいぶん丁寧に対応している。

「なるほど。さすが噂通りの陰陽師だ。本人はいまでもこの建物のなかにいるわけだな? このくらいのまじないだと、ある種の幽体離脱の域を出ないから、この姿を見える人間はある程度の霊能がなければ無理だがな」

少年が感心したように透ける泰明さんの身体を眺めていた。

「あの、あなた、さまは——」

「わしか? わしは、そうだな、なんでもいいが、ナオキミとでも名乗っておこうか。名前がなければ、〝旅館〟では不自由なのだろ?」

「恐れ入ります」

と、泰明さんが頭を下げている。

「あの、泰明さん。こちらの、ナオキミさんは——?」

「八百万《やおろず》の神々のおひとりではあろう。ただ、ご自身の本当のお姿を思い出せぬほどにお疲れの様子だ。そういえば、静姫ちゃんはまだ神さまへの対応の仕方を学んでいなかったからね」

「まあ、神々もなんだかんだと忙しいからな。そうそう温泉に入りに来ることもできない。さて、立ち話もそろそろ飽きた。なかに入らせてもらってもよいかな」

「申し訳ございません。それでは、案内のものを――」

するとナオキミさまは泰明さんの身体を避けて、私のほうに近づいた。

「この静姫でいい」

ナオキミさまがそう言うと、泰明さんは少し険しい顔になった。

「ナオキミさま、それは」

「去年の桜と今年の桜は同じか？　そして今年の桜はいつ咲く？　おぬしにはわかるまいがな」

不思議なやりとりだと思った。だけど、どうやらそれは私のことを言っているらしいとおぼろげながらわかった。泰明さんは深く頭を下げると、私に振り向いた。

「それでは、今回、ナオキミさまのお世話は静姫が見ること。人間フロアでもあやかしフロアでも、ナオキミさまが望まれるほうを案内していい。わからないことがあったら、善治郎さんに聞くこと。緊急のときには、昼でも私を呼んでもいい。いいね？」

「あ、はい」

私が頷くと、泰明さんの姿が風に吹き散らされるように消えていった。あとには、人型に切られた白い紙が一枚あるだけだった。そういえば、さっき、泰明さんが私の名前を呼び捨てにしていたなと思い出した。

「では静姫、これからしばらくの間、世話になるぞ」

「はいっ」

ちなみにどのくらい宿泊するのだろう。

「そうだな。まあ、〝神のみぞ知る〟というところか。ははは」

また心を読まれた。

冗談を言ったナオキミさまが「いざなぎ旅館」へすたすたと歩いていく。私は慌ててあとを追った。


ロビーに入ったナオキミさまは、両手を腰に当てて館内をぐるりと見回した。

「なるほど。こんなふうになっているのか」

「以前にも、ナオキミさまは、この『いざなぎ旅館』にお越しになったことがあるのですか」

「さあ、どうなのか。覚えておらぬ」

「あ、そうでしたよね。すみません」

と謝って、はっとする。無礼な口の利き方ではなかっただろうか。

「ふふふ。そんなに緊張しなくてもよい。取って食ったりはしないから」

「は、はあ……」

私がナオキミさまを案内するために掃除用具を片付けていると、いつの間にか現れた葉室さんに手を握られて少し奥へ連れ込まれた。

「おい、あいつ、大丈夫なのか」

「〝あいつ〟って？」

「あいつだよ、あいつ」

と、葉室さんが怪訝な顔でナオキミさまを窺っている。

「なに言ってるの。あの人、っていうかあの方は〝神さま〟のひとりだよ」

「神さま？」語尾を少し伸ばすように葉室さんが疑問した。「ただの子供じゃないか。それらしい気配はまるでしないぞ」

これには私が目を丸くする番だった。

「そんなことないじゃない。人間でもあやかしでもない感じ、なんていうか〝光〟みたいなものが出てるじゃないですか」

「俺には感じられない。騙されているんじゃないのか」

私が葉室さんとこそこそやっているので、ナオキミさまが「おい、静姫！」と声をかけてきた。

「はい、いますぐ。……泰明さんがちゃんと神さまだって認定してるんですよ」

「大旦那が？　それにしては口の利き方も偉そうだし――痛っ」

葉室さんが頭を押さえた。見れば、善治郎さんが葉室さんの後頭部にげんこつをくれている。

「口の利き方が偉そうなのは、葉室くんだって似たようなもんだぞ」

「善治郎さん！　いきなり殴んなくてもいいじゃないすか」

葉室さんが文句を言うが、善治郎さんは珍しく笑顔も見せない。

「そうとう神気が落ちてらっしゃるけどよ、ちゃんと〝神さま〟だ。それをちゃんと見抜ける静姫ちゃんのほうが立派だって」

「……本当だったのか。俺にはまったくなにも感じられなかったぞ」

と、悔しさ半分、驚き半分といった顔で葉室さんがつぶやいた。

私たちの話が長くなってしまったせいで、ナオキミさまがこちらへやって来た。

「なにをしている、静姫。早く温泉に案内してくれ」

善治郎さんはいつものにこにこ顔になってナオキミさまに頭を下げると、「どうぞどうぞ」と促す。この旅館に来たときに聞いた、神さまに仕えることを選んだ鬼という意味がわかった気がする。葉室さんはまだ疑っているのか、仏頂面をしていた。ナオキミさまは葉室さんのほうに首を曲げると、しげしげと葉室さんの顔を見つめた。

「おぬし、面白いな。名前はなんと申す？」

「は、葉室法水です……」

わけのわからない言葉をかけられて、さすがに葉室さんも動揺している。

「とはいえ、わしの覚えている限り、おぬしにはまったく会ったことはないが」

ナオキミさまにそう言われて、葉室さんが反応に窮していた。善治郎さんが私をつつく。

「あ、ナオキミさま、温泉に案内します」

私がそう言うと、ナオキミさまはにっこり笑った。

「よろしく頼む」

こうして見ると、本当に中学生の男の子みたいだった。

私がナオキミ様を連れて大浴場へ歩きだそうとすると、「あとは任せた」と私につぶやいて葉室さんが大きく息を吐いていた。その場に立ち尽くして呼吸を整えている。だいぶ緊張していたようだ。取って食われることなんてないのにね。

男湯の紺色の暖簾のまえまで案内し、立ち止まる。

「ナオキミさま、この先が温泉です。ここから先はおひとりでお願いします」

「わしをひとりにするのか」

とナオキミさまが拗ねたような顔をしている。

「いえ、そういうわけではなくてですね」

「さみしいではないか」

ナオキミさまが眉をひそめて口をとがらせていた。

「ここから先は男の人しか入れないんです」

私が暖簾をもう一度指さすと、ナオキミさまはわかってくれたようだ。

「ああ、そういうことか」

「あ、なかに誰か入っていたらイヤですよね。でも、私はなかに入れないし……」

「それなら、さっきの奴になかを確認させればよかろう」

「さっきの奴？」

振り返れば、少し離れたところで観葉植物に隠れるようにして葉室さんがこちらを見ている。少しあやしい。でも、驚いた。てっきりあの場から動いていないと思ったのに。ひょっとして心配してついてきてくれたのだろうか。

「葉室さん。ちょうどよかった」と私が声をかけると、葉室さんが観念したように出てきた。

「なんだよ。別におまえが心配で来たわけじゃないからな。教育係として一緒にいないといけないからなんだからな」

葉室さんが私の顔を見ないでつんけんと言い訳した。頬が赤い。だいたい、この人が私の顔を見ないでしゃべるときは照れ隠しのときだと最近わかってきた。

「はあ。とりあえず、男湯に誰もいないか確認してもらっていいですか」

葉室さんは少し顔を引きつらせたが、黙ってなかを見てきてくれた。

「大丈夫だ。いまなら誰もいない」

そう言って葉室さんは、男湯のまえに清掃中の立て札を立てた。

「これは？」

「いまは誰もいなくても、このあと誰か入ってきたら、ナオキミさまに悪いだろ」

「そっか。さすが葉室さんですね。細かいところまで気がつく」

私が褒めると、葉室さんは口をへの字にした。

「おまえももう少し気を回せよ」

「はい……」

ナオキミさまの声が葉室さんと私の間に冷ややかに流れてきた。

「で、わしはもう温泉を使っていいのかな」

「はいっ、どうぞっ」

「それでは静姫、背中を流してくれるか」

ごく当然という感じでナオキミさまが私に命じた。

「え？　せ、背中ですか？」

声が裏返った。聞いてないんですけど？

「うむ。巫女というものは神さまに仕えるものだろう？」

「えっと、私は、ですね――」

私がどう答えていいかわからずに困っていると、葉室さんが私とナオキミさまの間に身体を滑り込ませる。

「申し訳ございません、ナオキミさま。当旅館ではそのようなサービスはしておりません」

葉室さんがきっぱりと言い切って、私に助け船を出してくれた。葉室さんの背中が頼もしくて、うれしい。

「ああ。そうか。〝いま〟は巫女ではなかったか」

ひとりで納得したように頷くと、ナオキミさまが暖簾をくぐって脱衣所に入っていった。脱衣所の使い方がわからないということはないと思うが、もしそんな事態になったら葉室さんに男湯に入ってもらおう。

しばらく耳を澄ましていたが、大丈夫そうだ。男湯に耳を澄ますというのはいかがなものかと我に返って恥ずかしくなった。

「おまえさ、大丈夫なのか」

と、葉室さんがさっきみたいなことを言ってきた。

「なにがですか?」

「その、神さまの相手とかって、気を遣う仕事じゃないか」

「……さっきはありがとうございました」

「俺も二回くらいしか神さまのおもてなしをしたことはないけどさ、ほとんどの神さまがみんなふたつの顔を持ってるんだよ。ものすごくやさしい顔と、とんでもなく厳しい顔。やさしい顔の神さまだからって〝抜け〟が続いたら、豹変されることもあるんだからな」

「怖いこと言わないでくださいよ。だって、しょうがないじゃないですか。ナオキミさまが私を指名したんだから」

「神さまは耐えてくれる。人間の未熟さをわかってくれているから。だけど、一線を越えたときは厳しいからな」

「一線……」

それを具体的に聞きたかったが、それはできなかった。男湯から、ナオキミさまの大きな声が聞こえてきたからだった。

「おーい！　静姫、静姫！　来てくれ！」

かなり切羽詰まった声。葉室さんと私は急いで暖簾をくぐった。

「ナオキミさま⁉」

脱衣所にナオキミさまはいなかった。大浴場みたいだ。

「失礼します！」と叫び、脱衣所の奥にある大浴場への扉を葉室さんが開ける。

も首を伸ばした。

「なんだ、これは⁉」

葉室さんが聞いたこともない声をあげた。その声に、男湯であることを忘れて、私

「なにこれ⁉」

目を疑った。それほどに、大浴場はひどいことになっていた。

「おお、静姫。なんとかしてくれ」

湯船から裸の上半身を出したナオキミさまが困惑の表情を浮かべていた。

困惑なら、葉室さんも私も、ナオキミさまに負けないくらいだった。

温泉がなくなっていたのだ。

透明で日の光をきらめかせる温泉が、どす黒いどろどろとした液体に変わっていた。

まるで泥水だ。かけ流しで流れ続けている源泉はそのままなのだが、次から次へと泥水が膨張している。見る影もないとはこのことだった。

まごうことない大事件であります――。

ナオキミさまのことは葉室さんに任せた。たぶん湯船から出てシャワーを浴びて身体をきれいにしたりするしかないだろうから。

その間に私は事務所に戻って善治郎さんに事情を話し、さらに泰明さんの部屋へ駆

け込む。私の話を聞いた泰明さんは、まだ昼間だというのに部屋から出てきてくれた。

戻ってみると、さらに男湯はひどいことになっていた。男湯全体に十センチくらいの深さの泥の層ができている。シャワーで泥を流して服を着たナオキミさまと葉室さんが呆然としていた。

「これは——ナオキミさまはよほどお疲れらしい」

「どういうことですか」と私が尋ねると、泰明さんはしゃがみ込んで泥に触った。

「これはすべてナオキミさまが背負ってらっしゃった心の疲れだ。それがあまりにも強く、大量すぎた」

泰明さんは〝心の疲れ〟と簡潔に表現したけど、これほどのことが起こる心の疲れってどれほどのものなのだろう。私は目の前の泥を見ながら想像する。それはとんでもない量と濃さの疲労に思われた。

「温泉になにがあったんですか」

「星降り温泉の霊力は相当なものだ。人間もあやかしも神さまも癒してくれる浄化作用を持っている。しかし、ナオキミさまのお疲れは、この温泉の力を遥かに超えてしまったのだよ」

泰明さんの言葉を裏付けるように、ナオキミさまは中学生の姿のままで、本来の力を取り戻した感じではない。依然としてしょんぼりとしている。

「大旦那、とりあえず、どうしたらいいですか」

葉室さんが泥をさして尋ねると、泰明さんが苦笑した。

「どうするもなにも、片付けるしかないさ。泥はすべてすくって外に捨てる。きれいに洗う。善治郎さん、従業員の割り振りをお願いします」

「大旦那さま、ちょっと他のあやかしの力も使っていいかね？」

「いいですよ。お泊まりのあやかしたちで手伝ってくれるあやかしがいれば、宿泊料をサービスしてあげてもいいです。人間のお客さまがうっかり入ってしまわないように結界を張っておくから。善治郎さんも本気になってもらっていいですよ」

泰明さんがそう言うと、善治郎さんが「承知した」と答える。その声はすでに鬼の声になっていた。

こうして人間とあやかしによる男湯の復旧作業がはじまった。

鬼に変化した善治郎さんを筆頭に、従業員の半分と大勢のあやかしたちの協力で、その日の夕食後には大浴場は復旧した。

本当は夕方まえには一度きれいになったのだけど、試しにナオキミさまが湯船に入ったら瞬時に泥と化してしまったのだ。二度目は、葉室さんや善治郎さんが立ち会っていたから被害は最小限だったし、一度目の作業の直後だから慣れもある。だから、二度目の復旧作業は早かった。

二回も大浴場をダメにしたにもかかわらず、ナオキミさまの霊力はまだまだ戻ってこない。ナオキミさま自身も多少ショックを受けたような顔をしていたが、口ではなにも言わなかった。

二度あることは三度あるではないけれど、今後のために、人間フロアにふたつある家族温泉のひとつをナオキミさまの貸切にすることになった。掃除が簡単だろうということで檜風呂を貸切に割り当てた。もちろん、こちらも泥まみれになるから、葉室さんを専属掃除人として配置。こちらも貸切だった。

温泉に入らなければナオキミさまの霊力は戻らないのだ。私たちはただただそのお手伝いをするしかない。旅館業とはそういうものです。もっとも、温泉だけでは足りないと見たのか、泰明さんも昼間のお籠もりのときにナオキミさまの回復を祈祷してくれることになった。

「すまないな」

と、早速、夕食後の家族温泉に入ったナオキミさまが短く言う。物事がうまくいかなくていらいらしている子供のように見えた。頭からほかほかと湯気が上がっているから、温まることはできたようだ。

「大丈夫ですよ」

「葉室法水というあの若者、ため息をついていた」

「気にしないでください。神さまのお役に立てるんですから、ため息なんて罰当たりです。あとで叱っておきますから」

なんて、本人の目の前で言ったら怒れるかもしれないけど。

「ふう」と、ナオキミさまが廊下にある籐の椅子に腰を下ろし、窓の外を見る。もう暗くなって星らしきものが見えはじめていた。

私は、ふと思い立って近くにある冷蔵ショーケースから、飲み物を取り出した。昔ながらの瓶のコーヒー牛乳だ。ビニールとふたを取って、ナオキミさまに渡す。

「これはなんだ」

「風呂上がりに、人間世界ではこういうことをよくやるんです」

私もコーヒー牛乳を取り出し、お風呂もまだなのにグビグビとあおった。左手を腰にあてるのは無意識にやっちゃうよね。たまに飲むとコーヒー牛乳ってすごくおいしい。一日の疲れからか、思い切り一気飲みしてしまった。

飲み尽くして、口元をぬぐっている私を、ナオキミさまは不思議そうに見ていた。

「うまいのか」

「おいしいですよ」

ナオキミさまが瓶に鼻を近づけて匂いを確かめている。味見というより毒見という感じで一口。するとナオキミさまの顔が一変した。二口目はもう一気飲みだった。

「うまいな、これ」

ナオキミさまが絶賛した。目を輝かせていま飲み終わった牛乳瓶を角度を変えながら眺めている。初めて飲んだのだろうか。子供の笑顔になったナオキミさまが、少しそわそわしはじめる。

「どうかされました」

「もう一本飲みたい」

ナオキミさまがまるで葉室さんのように私の顔から視線を逸らしていた。つまり、照れているらしい。

「いいですよ」と私は笑顔でもう一本、コーヒー牛乳を取り出した。「今度は、さっき私がやったみたいに腰に手をあてて飲んでみてくださいね」

「なぜだ」

「それが伝統だからです」

正解ではないが間違ってもいないと思う。ナオキミさまが腰に手をあててコーヒー牛乳を飲む。二本目だというのにあっという間だった。

「……たしかにこうやって飲んだほうがうまい。なぜだ」

「気持ちの問題って大きいですよね」

ナオキミさまが飲み終わった二本目の牛乳瓶を受け取り、片付ける。牛乳瓶を置くときに少し音がした。

ナオキミさまは籐の椅子にそのまま座っている。隣の椅子に座るように勧められたので、私も腰を下ろした。

「静姫は、ここに来て長いのか」

「いいえ。まだ一カ月も経っていません」

「仕事には、慣れたか」

「まだまだ勉強中です。葉室さんが私の教育係なのでいろいろ教えてくれるんですけど、怒られてばっかりで」

ナオキミさまが目を丸くした。

「葉室というのは、泥すくいをやってくれている法水のことか」

「はい」

葉室さんのことを「法水」と下の名前で呼ぶことはなかったので新鮮だ。

「あいつ、そんな偉そうなことをしていたのか。神罰を下してやろうか」

ナオキミさまが腕を組む。顔立ちは不機嫌な男の子だけど、神さまだ。いくら霊力を減じているとはいえ、葉室さんが不興を買ったらかわいそうだ。

「あ、でも、葉室さんにはとてもお世話になっていますから。神罰というのは、ちょっと……」

「そうか？　静姫がそう言うなら、神罰はやめておくか」

夜の温泉を楽しんでいたお客さまが何人か行き交っていた。

「気持ちよかったね」

「星を見ながらの温泉って最高だね」

そんなお客さまを見ていると、私のほうも楽しくなってくる。

「どうしたのだ？　にやにやして」

「そんな顔してましたか？　いえ、幸せそうな笑顔を見ていると、こっちまでうれしくなってくるじゃないですか」

「ふむ……」と、ナオキミさまが椅子に深く腰掛け直した。

「私、旅館の仲居の仕事なんて初めてで。それどころか、大学までずっと自宅生だったから、ひとり暮らしもしたことなくて。初めてのことだらけで、つらいことも多かったんです」

行き交うお客さまには見えないけど、しろくんが私の足下に頬ずりしている。そうだね。しろくんはいつも私のそばにいてくれたね。

「なぜそんなつらいことを選んだ？」

「選んだというか、やむにやまれずというか」さっき、葉室さんに神罰を下そうとしたナオキミさまだ。私が借金で働かされているなんて知ったら、どんな反応をされるかわからない。「でも、少しずつ楽しくなってきました」

「ほう。どんなふうに楽しくなってきたんだ?」

ナオキミさまが予想外に興味津々という顔になった。

「えっと……私、いろいろなものが見えるじゃないですか」

「いろいろなもの?」

お客さまの流れが途切れたところで、声を潜めて付け加える。「あやかしとか」

ナオキミさまが苦笑した。

「ああ、なるほどな」

「私、生まれてからずっとそういうものが見えてたんですよ。それで、小さい頃は怖い思いもずいぶんしたし、正直なところ、ここに来てからもあや——そういうのに追いかけられたり怖い思いはしました」

「人というのは自分と違うものは怖いらしいからな」

「ええ。でも、ここで働いている人は、みんな私と同じような経験を持っている人ばかりで」

「番頭は〝鬼〟だしな」

「ええ」と、ナオキミさまと私は顔を見合って笑った。「普段はいいおじいちゃんなんですけどね」

「そのようだな。さっき話した法水。あいつは〝火の鳥〟だろ？」

ナオキミさまは、鳳凰のことを〝火の鳥〟と表現していた。今日、葉室さんも泥すくいをしていたものの、鳳凰の力は使っていない。けれども、ナオキミさまは見抜いていた。さすがだ。

「ええ。私、それまでは身の回りに同じような経験をしている人がいなかったんで、私だけが——こう言ったらアレですけど〝呪われた特殊能力〟を持っているような気がしていたんです」

「それが、そうではなかったわけだな」

向こうで子供がはしゃぐ声がした。階段のほうでおじさんたちが大きな声で笑っている。窓の向こうはすっかり夜空で、もうすぐまた今日の星空観察の時間だった。

「ここにいたら、特殊ですらない。ごく普通のこと。それがわかって、なんだかいままでの自分が馬鹿らしくなってきたんですよね。人と比べて変な力があるって嘆いていたけど、人と比べて違うってことは私の個性だったんだって」

「ふーん」

お客さまたちはほとんど外へ出てしまい、このあたりには人気がなくなる。

「ここに来てからはこの能力のおかげでいろんな方に会えました。ずっと昔に会った人間を大切に思っていた小さなあやかし、神さまのおつかいで来た豆柴ちゃんや自分の残りわずかな生命と引き換えにしてお友達に想いを伝えた娘のあやかしとか」

彼らとの出会いは、私にとって大きな心の宝物になっていた。

「そういうものたちとの出会いが、おまえを変えたのか」

「はい」

ナオキミさまは足を組みながらも真面目な顔で聞いてくれる。

「わしのような存在からすれば、人の心のそういう動きは興味深い」

「そうなんですか」

ナオキミさまが大きく頷いた。

「最近の人間というのは、もっとわがままなのが多いではないか。環境のせいにしたり、神々のせいにしたり、文句ばかり言う。誰かになにかをしてあげようという思いやりや慈しみの心、真心とか愛とかが、世界最高の価値を持っていることなど忘れ、ただただ自分中心に考えるものではないか」

ナオキミさまの声に複雑な感情が揺れている。怒っているようでもあり、悲しんでいるようでもあった。

「私だって、十分すぎるほど、自分中心でしか考えていない人間だなあって思いますよ」

「静姫でそうだったら、他の連中はどうなる」

「そう言っていただけるのはうれしいですけど、やっぱり私は両親はじめいろんな人の恩ばかり受けて感謝するどころか、その恩さえ忘れているんじゃないかって。へへ。恥ずかしいですけど、ほんとそうなんです。ここで働きはじめて、従業員のみんなやさっき言ったあやかしたちと自分を比べたらそんなふうに思えて。でも、それがわかったことがこの宿に来ていちばんよかったことだと思っています」

ナオキミさまは椅子の肘のせに肘をついて、じっと私を見つめていた。

「……なるほどな。おまえは大人になったということなのだろう」

「大人、なんでしょうかねぇ……」

神さまの前だというのに、思わず苦笑してしまった。二十歳は過ぎたけど、大人になったとは思えないよなぁ……。

「立派なことだろ」

「あまり自覚がないと申しますか――」

すると、ナオキミさまが笑顔になった。コーヒー牛乳のときの笑顔と比べて、どこかまぶしげな感じの笑顔だ。

「大人というのは、自らがいろいろな人の恩恵を受けて生きていることを知り、少しでもその恩返しをしようと思ったときになるものだ。アレが欲しい、コレが欲しい、俺が不幸なのは世間のせいだ、法律のせいだ、政治のせいだ、神のせいだなどという連中は結局、何歳になっても愛を奪うだけの子供に過ぎない」

「そういう考え方もあるんですね……」

だとしたら、私はやっぱりまだまだ子供だと思う。うまくいかないことを全部自分の責任と捉えられるほど、人間ができていないもの。

「ところで、静姫」と、ナオキミさまが話題を変えた。

「ここの温泉はどういういわれがあるのだ？　なにか言い伝えとか、伝説とか」

ちょっと意外な気がした。神さまなら当然知っていてよさそうなものなのに。ああ、でも、ナオキミさまの場合は霊力を失って多少記憶にも欠落が出ているのか……。

「これは、私もこの旅館で聞いた話なのですが」

そう前置きして私は葉室さんから聞いた話を教えた。あやかしと人間の悲恋の言い伝えだった。話を聞いているうちに、ナオキミさまはだんだん沈鬱な表情になっていった。もともと色白の肌はさらに白くなり、青くなっている。

私が話し終えると、ナオキミさまは低い声で言った。

「違う。その話は違う。なにからなにまで全部違う！」

ナオキミさまは私をにらむようにしている。まるで私のことを糾弾しているようだった。

「わ、私も聞いただけの受け売りなのですが」

ナオキミさまははっきりと私をにらみつけた。

「おまえはそれでいいのか。この場所が、人とあやかしの悲劇の場所として記憶されていることを、どう思っているんだ」

「私、ですか」ナオキミさまが目に圧力を込めて私を凝視している。「私も、本当は疑問を持っています」

「…………」

「たしかに人間とあやかしでは相容れないところはあると思います。だけど、人間同士だって完全にわかり合えてはいない」

「……それで？」

「私がここであやかしたちと会った経験は、むしろわかり合える可能性を見せてくれたような気がするんです」

ナオキミさまが私から視線を外し、沈黙する。私の答えはナオキミさまにどう評価されたのだろう。私は固唾をのんで見守った。

再びナオキミさまが私を見た。ふと、ナオキミさまにはいまの私がどんなふうに見えているのだろうかという気持ちが胸に湧き上がる。

「長い年月で話がおかしくなっているが、この場所は静姫がさっき話したような、悲劇が起きたような、そんな場所じゃなかったんだ」

ナオキミさまが立ち上がった。私に背を向けて廊下を歩きだす。私が慌ててあとを追おうとすると、部屋に戻るだけだからと断られた。ナオキミさまの背中が妙に小さく儚く見える……。

ナオキミさまが宿にやって来て二日が過ぎた。この間、何度も葉室さんは泥すくいをしていて、それでなじみになったからか、ナオキミさまはなにかあると葉室さんを呼んでいる。葉室さんのことを気に入っているようだ。なんだかんだ言って面倒見がいい葉室さんはナオキミさまに丁寧に接客していた。

そのおかげでというかやっとというか、ナオキミさまが温泉に入っても泥にならなくなってきた。

「おい！　法水。法水はいないか」

ナオキミさまが大きな声で葉室さんを呼ぶ。

「はいはい。また泥になりましたか」

葉室さんが半ばあきらめの境地で浴室に入っていこうとする。私は女性なので外で待っていた。すると、ナオキミさまの大きな声がまたやって来た。

「そうじゃない。泥にならなくなったんだ」

その言葉通りだったと、なかに入った葉室さんがあとで教えてくれた。湯船につかっているナオキミさまの周りは、透明な温泉のきらめきがそのまま残っていたそうだ。

「やった……。やっと温泉が効いたのか」

葉室さんがほっとしたような顔をナオキミさまに見せたけど、そうは問屋が卸さなかった。

「泥にはならなくなったのだが……」ナオキミさまは盛大にくしゃみをした。「温泉が水になっている」

ナオキミさまはうんと眉をひそめて震えていた。

シャワーで身体を温め直してナオキミさまが出てきた。葉室さんはいろいろ考えた結果、源泉かけ流しを一旦止めて家族温泉の冷め切った温泉を抜いている。たしかに、これだけの湯量を新しい源泉の供給だけで温めるより、温かい源泉だけでもう一度湯を張ったほうが早そうだ。

廊下の籐の椅子に座ったナオキミさまが、コーヒー牛乳を飲んでいる。気に入ったらしい。

「ちょっと寒かった。コーヒー牛乳がいまいちだ」

「それでも大きな進歩じゃないですか。どうですか。少しは力が戻ってきたような感じはありますか」

ナオキミさまがコーヒー牛乳をちびちび飲みながら首をかしげている。

「あまり実感はないな」

「そうですか……。でも、こつこついきましょう」

ここは励ますしかない。あきらめたらそこで試合終了と昔の人も言っているしね！

泥水になるよりも冷泉になるほうが、あきらかに進歩だろう。ナオキミさまは渋い顔でコーヒー牛乳を飲んでいるけど。

そのときだった。浴衣姿の宿泊客の中年女性が私に声をかけてきた。

「ちょっと仲居さん、クレームなんだけど聞いてくれる？」

急なことで私は驚いたが、誠実に対応しなければいけない。私はその女性に向き直り、背筋を伸ばした。

「はい。いかがなさいましたでしょうか」

「夕べの星空観察なんだけど、隣で星を見ていた女の人がひどい口臭で気持ち悪くなっちゃって。今日は朝ご飯も食べられなくて」

「あ……、そ、それは、大変でしたね」

そこまでは予想していなかった。

中年女性は眉をしかめた。

「これ、旅館の責任じゃないの？　そんなひどい口臭の人と一緒にさせて、せっかくきれいな星を楽しもうと思ってたのに台無しよ」

「それは――」旅館の責任ではない！　と言ってやりたいが、ぐっとこらえた。「し、心中お察し申し上げます……」

「お察ししてくれなくていいからさ、誠意をちゃんと見せてほしいのよ」

私は神妙に頭を下げながら、善治郎さんを心のなかで念じた。善治郎さん、来てください、今すぐ助けに来てください――。

この旅館は半分現世で半分常世。だから人の念《おも》いが伝わりやすい。そのおかげで、緊急時とかクレーム対応には館内放送をしなくても、心のなかで強く念じれば伝わるから――これは、この旅館に来てすぐに葉室さんに教わったことだ。

ものの一分もしないうちに、私の背後から人のよいおじいさんの声がした。

「お客さま、うちの仲居になにかありましたでしょうか」

「ああ、番頭さんも聞いてください――」

中年女性が善治郎さんに同じ訴えを最初から繰り返している。あとは大丈夫だよと、善治郎さんが私に目配せした。

しかし、重なるときには重なるもの。この日のクレームはこの一件だけでは済まなかった。

いたはず。

「受付の対応がまったくなっていない。人替えろよ」
次に出くわしたのは、でっぷり太ったおじさんだ。職業欄はたしか自営業となって
いたはず。
「はいっ。申し訳ございません。どのような不手際がございましたでしょうか」
私が神妙な顔で対応すると、おじさんはますます横柄にまくし立てた。
「俺はさ、ちゃんと十四時に着くって言ってたの。それをなんだ。時間通りに着いた
のに『お早いお着きでしたね』とは。一体誰に口を利いてるんだ！　俺の携帯を見て
みるか？　俺の携帯は一流の人間しか登録していないんだよ。その俺が来てやってる
意味、おまえらわかってないだろ⁉」
「は、はい。不手際、申し訳ありませんでしたっ」
私はおじさんの説教を受けながら、米つきバッタのように何度も頭を下げる。
ところで、携帯に登録してある人が一流だとなにかあるんだっけ……？
「なんで館内でタバコを吸ってはいけないんだ。喫煙所が外とはどういう了見なんだ。
携帯灰皿持ってるんだから、部屋でゆっくり吸わせろよ」
さらにそのあとは、もう七十過ぎくらいの男性。近くに寄ってこられただけで、強
いタバコの臭いがする。よほどタバコが好きなのだろう。

「申し訳ございません。おタバコはどうしても部屋に臭いが残ってしまいますのでご遠慮願いたく……」

謝りながら額に汗がにじんだ。私のそばでナオキミさまが鼻を押さえる仕草をしている。

「そんなものはおまえたち仲居が掃除すればいいんだろうが。だいたいな、俺たち喫煙者はおまえらより高いタバコ税を払って国の役に立ってんだ。おまえらのほうが土下座して謝れ！」

そんな殺生な……。どんなルールなのよ、それ――。

しかし、突っ込むわけにもいかず、私は善治郎さんを念じて同じ説明を繰り返しながら何度も謝った。

ナオキミさまがものすごくイヤそうな顔をしはじめたので、気分転換にとあやかしフロアに行ってみたが、ここでも悩ましいクレームがついて回った。

「飯、足りない」

と、ひとつ目で禿げ頭の巨漢のあやかしが地団駄踏んでいた。

「ごめんなさい。おかわりしても足りなかったですか」

「足りない。牛、丸ごと食わせろ。それか、人の子、食わせろ」

「ひーっ……」ナオキミさまを引っ張って全力で走って逃げました。

「おい、そこの人の子。我が輩は大大あやかしなるぞ。なぜすべての人の子とあやかしたちが出迎えに来ない」

子供くらいの身長の毛むくじゃらのあやかしだ。見たところ、霊力は小さい。

「申し訳ございません。ここは人間世界のルールに則った旅館です。そのようなサービスはしていません」

「我が輩を誰と心得るか。大大大大あやかしのあやかし王なるぞ。なぜ迎えがいないのか。末代まで呪ってやるぞ」

初耳。そして〝大〟がやたらと増えているし。

人間のクレームは善治郎さんや葉室さんに助けてもらいながら処理していった。髪が乱れているのが自分でもわかる。ナオキミさまがそばにいなければ、どこかで息を荒らげながら四つん這いになってくたくたになっているところだった。

あやかしのクレームは猫又憑依させた絵里子さんの協力を仰ぐ。

「いや〜、大変だったにゃぁ、静姫ちゃん」

猫耳で妖艶な魅力を放つ猫又になった絵里子さんが右手を猫の手のように構えて顔を洗っていた。大変かわいらしい。絵里子さんは、自称〝あやかし王〟を叱りつけてくれたところだった。

「助かりました、絵里子さん」

「きゅーん」と、しろくんも謝意を表している。

「にゃはは。静姫ちゃんの助けならいつでも飛んでくるにゃ」

絵里子さんが大きく息を吸って猫又憑依を解こうとしたときだった。

「おい、静姫」

と、ナオキミさまの声がした。どこか呆《ほう》けたような声だった。

「はい。あ、すみません、変なところをお見せしまして」

「いや、構わない。それよりも、いつもあんななのか」

「あんな、というのは」

「人もあやかしも、あんなふうに自分の言いたいことだけを、一方的に静姫にぶつけてくるのか」

私は苦笑いした。

「まあ、そういうお客さまもたまにはいらっしゃいます。一日にこんなにクレームが押し寄せたのは初めてですけど」

「…………」

「まあ、人の子はわがままなものにゃ。そして、あやかしはそれに輪をかけてわがままにゃ」と猫又絵里子さんがケラケラ笑っている。

「――許せない」

ぼそりと小さく、少年の声がした。私は、その声の主を見た。

「ナオキミさま？」

ナオキミさまの眉がこれでもかとつり上がる。両目をかっと見開くと同時に強烈な霊気、いや神の気が、ナオキミさまの身体を中心に爆風のように広がった。その気の猛烈さに私と猫又絵里子さんが倒れそうになる。

「あやかしどもよ、おまえたちは考え違いをしている。おまえたちはただ本能のままに生きるために創られたのではない」

ナオキミさまの声が朗々と響き渡った。旅館に泊まっていたあやかしたちは、その声を聞いてみな恐れおののき、その場にひれ伏す。

神さまが心底からの怒りをあらわにしているのだ。

「な、ナオキミさまっ」

私の声など聞こえないように、ナオキミさまはゆっくり歩きだす。一歩踏みしめるごとにあやかしフロア全体がびりびり震えるようだった。ナオキミさまはあやかしたちのところへ行くのかと思ったが、扉をくぐって人間フロアへ戻ろうとしている。

「お、追いかけないと」と、猫又憑依を解除した絵里子さんが私の手を引く。先ほどのナオキミさまの一喝で猫又がダメージを受けたのか、少し弱っている印象を受けた。

「ナオキミさまっ」

絵里子さんと私が、ナオキミさまのあとを追って人間フロアへ戻ると、ナオキミさまのまえに、ちょうど今日最初のクレームを言ってきた中年女性がいた。

「おい、おまえ」

と、ナオキミさまに声をかけられた中年女性が、不審そうな顔をした。

「なんですか、一体」

「人はいつからそのように落ちぶれたのだ。人も、動物の一種である以上、自らの生存のために生きることは必要だろう。しかし、人の生存は、単なる生存を超えたもののために許されていることだ」

「な、なにを言っているの、この子――？」と、言いながら中年女性が震えている。

この中年女性はナオキミさまが神さまだとは知らないし、それを感じ取るような霊能もないだろう。ただ、本能的に遥かに偉大なる存在を感じ取って畏怖《いふ》しているのだ。

中年女性があたふたとその場から逃げ出そうとする。ナオキミさまが辺りを見回した。その髪がふわりと浮かび上がる。ナオキミさまが半ば神がかったような状態の顔つきになって、大喝した。

「互いに愛し合えと繰り返し教えているのに、まだ神々の心がわからぬか」

怒髪《どはつ》天を衝くナオキミさま。雷鳴のごとき声に、旅館がぐらぐらと揺れた。力も記憶も失っているけれど神さまなのだと思わされる。その神威は絶大だった。

「なんだ、地震か」

「怖い」

揺れる館内で悲鳴が聞こえる。葉室さんが言っていた、神さまの二面性ってコレのことなのだろうか。

「従業員はなにをやってるんだ」「神さまーー!」といった悲鳴があちこちから聞こえた。

ナオキミさまの息が荒い。私は彼の正面に回った。

「落ち着いてください、ナオキミさま」

私が呼びかけるとナオキミさまの瞳が私を認めた。

「静姫――おぬしは、この温泉を開いたときのことをまた繰り返すつもりなのか」

「え？」

「答えよ、姫巫女よ」

ナオキミさまの発する言葉が、強い力となって私の眉間に刺さる。眉間にあるなにかを無理やり開こうとするかのような意志。金縛りに遭ったようにその場に立ち尽くす私の魂のなかに、ナオキミさまの想いが流れ込んでくる――。

『巫女さま、巫女さま』

また、あの呼び声だ。なんでみんな、私を巫女と呼ぶのだろう――。

しかし、いまは別の声が重なる。

『星降り姫巫女の温泉は、われら神々からの贈り物。人とあやかしと神々が手を取り合えるように。その理想を理解せず、神々の心を忘れ、姫巫女たるおまえを嘲笑し愚弄するものあらばわれらは――』

その声がどこかナオキミさまの声に似ているように感じられた。

『いいえ、それには及びません。姫巫女の名前にかけて、この湯の泉であらゆるものを癒し、あらゆるものに希望を与え続けましょう』

だから、私はあなた方との約束を守るため——


「おい、静姫、大丈夫か」

突然、葉室さんの声がした。強引にナオキミさまとの意識の交流が断ち切られる。振り返れば葉室さんが、不可視の炎の翼を広げてこちらに走り寄ってきた。

「葉室さん⁉」

「静姫は返してもらいますよ！」

葉室さんが動けない私の肩を強くつかむ。ナオキミさまが激怒した。

「半妖の分際で、神に勝てると思うたか！」

あやかしを一喝したナオキミさまの神威が、葉室さんに放たれる。強大な神の気はすさまじい圧力の水のように葉室さんの身体に襲いかかった。

「うおっ⁉」

指一本触れられていないのに葉室さんが吹き飛ばされる。葉室さんの身体はそのまま床を転がり、壁にぶつかって止まった。

葉室さんは動かない。その姿にいろいろなビジョンが重なる。丘、森、踊り、笑顔、血、子供、あやかし、兵士、神々、祭り、炎、歌、太陽、剣、黄金の温泉――。

「いやあああああああ――」

五感にあらゆる情報がなだれ込み、私は悲鳴をあげた。

「もうやめてー！」

私の叫びが全身から光となって放たれる。

私の身体から出た光が、ナオキミさまの神の気をも包み込んでいった。

気が遠くなる。

倒れていく時間のなか、呆然とした顔で私を見つめるナオキミさまの顔が見えた。

目を覚ますと、客室の天井が見えた。

また私は倒れたらしい。

「はあーあ……」

ひどい悪夢を見た朝のように、妙に身体に力が入らない。一回目と逆だった。

「起きたか」

と、よく知った顔が私を覗き込んだ。

「え、葉室さん⁉」

起き上がろうとして、失敗する。

「なにやってんだよ、おまえ」

私は布団のなかから手を伸ばして、葉室さんの手をつかんだ。

葉室さんはちょっとびっくりした様子だったけど、私の手を握り返してくれた。

「葉室さん、怪我ない？」

「ねぇよ」

「……よかった」身体の力がまた抜ける。両目からぽろぽろと涙がこぼれた。

「なんでおまえが泣くんだよ」

「だって、ぐすっ、葉室さん、私を助けようとして――」

葉室さんが、どこかこそばゆそうな顔をして目を逸らして、頬を空いている手でかいた。なにか言おうとして、結局「あー」とか「うー」とかしか出てこない。だけど、もう片方の手は、ずっと私の手を握ってくれている。

私の手は離さないでくれている――。いまはそれだけでよかった。

私がもう一度洟を啜ると、別の人たちの声がした。

「やーっぱり、そういうことだったんだね」

「学生さんみたいに若ぇなあ、ふたりっとも」

「きゅーん、きゅーん」

「絵里子さんと善治郎さん、それにしろくんまでっ」

私のほうから葉室さんの手を放り出すと、飛び起きた。

にまにま笑う絵里子さんたちの横に、ナオキミさまが正座していた。俯いている。

さっきまでの神がかった迫力は消えていた。どうやら落ち着いたらしい。

「さっきは、すまなかった」

「いいえ、そんな——」聞きたいことはいっぱいあった。しかし、どれもこれも、薄皮の向こうにあるように胸のどこかでくすぶっているだけ。代わりに口をついて出たのはこんな言葉だった。「私のことを守ろうとしてくださったんですよね」

「……わしは、なぜあのとき、あれほどまでに怒り狂ったのだろう」

と、ナオキミさまが疑問を口にしている。ナオキミさまの向こうの時計が目に入った。カーテンが閉まっていたのでうっかりしていたが、もうすっかり夜だった。

「絵里子さん、お夕食の準備は大丈夫なんですか」

「うん、大丈夫。もう夕食の時間はほぼ終わってるから。あ、静姫ちゃんのぶんは厨房に取っといてあるからね」

「ありがとうございます」

「それと、静姫ちゃんが倒れたあと、大旦那さまが出てきてくれて、ずいぶん難しい呪文を唱えて、人間サイドのお客さまたちの動揺を鎮めてくれていたから、ナオキミさまのことがみんなにばれていないかとか心配しなくていいよ」

「大旦那さまが……」私はその言葉に、あることがひらめいた。「絵里子さん、星空観察ってまだやってますか」

「もうすぐ終わる頃じゃないかな」

私はナオキミさまに向き直った。

「ナオキミさま、中庭に行きましょう。いまならまだ間に合います。大旦那さまに占ってもらうんです」

ぴったりな言葉が見つからなかったので〝占う〟になってしまう。ナオキミさまが驚いていた。葉室さんや善治郎さんは、もう少し寝ていろと口々に言う。しかし、ナオキミさまの疑問に答えられるのはきっと泰明さんだけだと思ったのだ。

私の身を気遣うようにきゅうきゅう鳴きながらしろくんがまとわりついた。

「立てるか」と葉室さんが不器用に声をかけてくれる。

「うん。しろくんのもふもふでちょっと元気になった」

中庭は星空観察の人たちの邪魔をしないように、泰明さんの天幕へ歩いていく。占いを求めて三人並んでいた。ナオキミさまと葉室さんと私はその三人の後ろに静かに並ぶ。善治郎さんと絵里子さんは仕事に戻っていた。

順番を待ちながら私はゆっくりと星空を眺める。ちょうど、空の真ん中に天の川が見えた。じっと空を見つめていたら、流れ星が見えた。

やがて、私たちの順番が来る。

私がナオキミさまを連れてなかに入った。葉室さんも一緒だった。

「ようこそ、ナオキミさま」

泰明さんが狩衣姿で出迎えると、痩せた少年のようなナオキミさまが神妙な顔で頭を下げた。

「先ほどは、ご迷惑をおかけした」

「いいえ。私にもナオキミさまのお気持ちは理解できるつもりです」

祭壇のろうそくが揺らめいていた。ろうそくの炎が祭壇の円鏡に反射している。泰明さんは祭壇の脇にあった小さな机と椅子を運んだ。一礼して祭壇から分厚い板のようなものを持ってくる。四角い木の板の上に、お椀型の木が組み合わされていた。それぞれに字や模様が複雑に描かれている。お椀型の木の中心部に北斗七星が彫られているのだけはわかった。あとで聞いたら、六壬式盤《りくじんしきばん》といって、陰陽師の占いにおいては欠かせない道具だそうだ。

泰明さんは祭壇に背を向けるようにして式盤を置いた机の一辺に座り、対面側、つまり祭壇に向かい合う位置にナオキミさまを座らせる。葉室さんと私は立って見学だ。

「あの、泰明さん。実は――」

私が用件を言うと、泰明さんは早速、式盤のお椀状の部分を回しはじめた。時々、回すのを止めては天を仰ぎ、星を見つめてはまた回す。

「ナオキミさま」

「うむ」

「強い感情の発露は本心を表すことが往々にしてあります」

「されば、わしは怒りが本心となってしまう。怒りの心がなかったとは言わないが、それが神としてのわしの役割だろうか」

そんなことない、と思った。

初めてコーヒー牛乳を飲んだときのナオキミさまの笑顔。

私に「大人になったということだ」と話してくれたときのほろ苦いような笑み。

そもそも、今回の件だってひどいクレームでてんてこ舞いしていた私への義憤《ぎふん》として、ナオキミさまは力が暴走したのだ。

泰明さんがまた式盤を使う。

「温泉を使われても、泥水にはならなくなったとか」

「そうだな。しかし、温泉の熱がすべてわしの身体に入ってしまって、冷泉になってしまうが」

「おそらく、ナオキミさまの魂が、再び熱血火のごとく燃え上がることを望んでいるのでしょう」

「なにに燃え上がろうとしている？　自分が神であることしか覚えていないわしが」

ナオキミさまの声がつらそうだった。私からは少年の背中しか見えない。ろうそくの明かりに照らされた細い首が美しいと思った。

そう。この方は美しい――。

すると、私はいつの間にか口を開いていた。

「ナオキミさまが燃え上がろうということの片鱗が、私を守ってくださったことに含まれているのではないのですか」

「なんだと？」

ナオキミさまが私を振り返った。白い顔の半分が、ろうそくで照らされないで影になっている。ごく普通の、思春期の少年のようだった。

「ナオキミさま、その静姫の言う通りかもしれません」と泰明さんも言う。

「どういうことだ」

「それがあなたさまの心の砂金の部分だということです」

「心の、砂金――」

「どうしても人を見捨てられない、がんばっているものを応援せずにはおれない、人間の幸福を守ってやりたいという神さまたちの本心そのものではありませんか」

ナオキミさまは背もたれに身体を預け、大きく息を吐いた。

「陰陽師よ、おぬしの言うことはわかる。しかし、それは複雑な考え方が必要だろう。単純なあどけない心だけでは理解できず、ゆえにこの身体では耐えられぬ」

ナオキミさまの、いやいやのような嘆きに、私は再び言葉を発していた。

「だって、あなたはもっともっと偉大で美しい存在でしょ」

今度こそ、ナオキミさまが目を大きく見開いた。ナオキミさまだけではない。泰明さんも葉室さんも驚いていた。それどころか、言った私がなんでこんなことを口走ったのだろうかといちばん驚いている。

ナオキミさまが懐かしむような目になって答えた。

「……たしかに、われわれ神々は、多くの人やあやかしの願いを叶え、幸福にしたいと、数千年にわたって生きてきた」

「数千年――」気が遠くなるような話だった。ナオキミさまが私に笑いかける。

「徐々に、わしの神としての〝記憶〟が戻ってきつつある。温泉と静姫のおかげかもしれぬ」

「私ですか？　私はなにも――」

「心に浮かぶままに、思い出したことを語っていこうか」

「はい。聞かせてください」

とても大切なことをナオキミさまは話そうとしていると直感した。真剣な気持ちで聞かなければいけない。ナオキミさまは目を半眼《はんがん》にして、ゆっくりと語りはじめた。

「数千年、わしは人の幸福を叶えるために生きてきた。しかし、科学技術と文明の発達に従って、人たちは目に見えるものこそすべてという考えにとらわれ、欲望のみを叶える人生を選び取りはじめた。同じく目に見えないからと、心の価値を忘れた」

「心の価値とは、どんなことですか」

口を挟んでいいかためらわれたけど、私がそう尋ねるとナオキミさまはイヤな顔もせずに丁寧に教えてくれた。

「人は他者へのやさしさや慈しみの心、愛の心によって、神々とまったく同じ光を生きながらにして放つことができるということだ。あるいはあやかしと戯れ、妖精のように自由な心となることも自在。いまの〝ガッコウ〟とやらでも教えてくれないし、〝カイシャ〟とかいうところでは話題にもされない」

「たしかに、そうです」

「おまえたちの誰かひとりでも、心を見つめ、心の価値を求めながらこれまでの人生を生きてきたというものはいるか」

「それは……」

ナオキミさまの問いは厳しい。考えれば考えるほど、心なんて考えていなかったと思う。人間関係で悩んだり、病気をしたときには自分の心を考えることはあったかもしれない。しかし、考えたことはあったといっても、それは自分の気持ちや快不快や感情レベルの話だけだろう。

「それどころか、自らのもっとも尊い心の価値を手放しておきながら、人生に苦悩だけを見いだし、愚痴や不平不満を漏らし続ける。愚痴はゴミ溜めと一緒だ。周りの人も自分の心も汚す。だから他人に愚痴を聞いてもらえなくなると、愚痴を話しても逃げない相手のところへ愚痴を言いに来るようになった」

「ナオキミさまのような神さまたちのところへ、ということでしょうか」

ため息と共にナオキミさまが小さく頷く。

「信仰心というと現代人には理解不能かもしれないが、人の作った決まりごとで定義が変わったりはしない。それは神々と共に生きることであり、神々が微笑みかけるような生き方をすることと言ってもいい」

私にはそれが当然の生き方のようにも聞こえるのだけど。そんなことを考えていると、葉室さんが控えめに口を挟んだ。

「聞いたことがある。神社本庁という神社の元締めのようなところの発表によると、いわゆるすべての神社の信者を合わせると七千万人から八千万人。日本人の半分以上が神道を信じていることになるのだけど、この数え方は鳥居をくぐって参拝した数だという」

「え？　それでいいんですか」

「本当の意味で神さまを信じているかどうか、わからないからな。ナオキミさまが言っているのはこのことだろう」

ナオキミさまが葉室さんに口元をゆがめながら頷いた。ナオキミさまの少年らしい顔に皮肉めいたような悲しんでいるような複雑な笑みが浮かぶ。

「本来のわしの神社は知恵を授ける神社。なのに、いまではどうだ。良縁成就、商売繁盛、家内安全、交通安全。本来わしが守るべきものではないものまで祈りはじめた」

「欲望にとらわれたお門違いな願いばかりで、ナオキミさまを疲れさせたのではありませんか」

と、泰明さんが問いかけた。しかし、ナオキミさまは首をうなだれた。

「人とあやかしと神さまたちが共存共栄していた時代はそんなに古いことになってしまったのか。昔は人と神々はもっと近かった。人の祈りは神さまたちにすぐ届いたし、神さまたちの意志は人間たちにいろいろな形で届けられた」

「神さまの意志を受け止めることができたのですか」と私が尋ねた。

「陰陽師や巫女のなかには神と交流できるものもいた。祈りが叶うというメッセージもあれば、あえて叶えないことに天意を込めることもあった」

「祈りが叶わないことに天意を読むというのは、現代ではない考えかもしれませんよね……」

　祈りがかなわないという事態が私の身に起きたとしたら、やっぱり難しいかもしれないと思う。私はそれをつい先日までの就職活動で経験していた。

「もっと大きな警告を天意として示すときには、わしらは雨や風や天変地異を用いたりもした。わしらとて痛みを伴う。涙も流れる。しかし、人が欲望の世界のみを愛しはじめたときには、最終手段として用いる。しかし、いまでは天罰を下す神なんて信じないと開き直る連中ばかりではないか。自分たちは神さまを信じてもいないくせに、神さまたちは人を幸福にするために存在している、天罰を与える神など偽物だと、神々の心を裁けるほどに偉くなっている。わしは厭《あ》いた。もはや人には寄り添えぬ、と」

　話しながら、ナオキミさまの身体から、むわりと風が吹く。気持ちが高ぶってきて、先ほどのように神の気を発しようとしているのだろうか。

　私は慌てた。このままでは、またナオキミさまが暴走してしまう。私は声を振り絞った。

「ナオキミさま、ナオキミさま。私を助けたいと願ってくださった念いこそ、心のなかの裏切れない部分なのではありませんか」

そうだ。さっき、私は自分の身体から出た光で——いや、心から出た光で、ナオキミさまの神の気の暴走を止めたのだった。

ただ声を発するのではなく、ナオキミさまの胸に一条の光となって届くように、全身の、魂の、心のすべての祈りを込める。

あなたは、本当は人が大好きで、人の幸せを見たいだけなんですよね。

だから、人に悩み、人に嘆き、人に泣く。

あなたは誰よりも強く、美しく、やさしい方だから——。

ナオキミさまはじっと目を閉じ、顎を反らせていた。まるで、まぶたを閉じたまま降るような星空を見つめているみたいだ。

ナオキミさまから発される風が少しずつ強くなっていく。

流れ星が、二度流れた。

ナオキミさまが目を開く。星を見つめながら言った。

「わしはまだ、人を、人の世を、あきらめることはできないようだ」

風がやんだ。

ナオキミさまの頬を涙が一筋流れ落ちる。

その言葉を聞いた泰明さんが、両手を組み合わせて複雑な印を結んだ。さらに念を込めて呪を唱えはじめる。

「のうまくさまんだだらのうえいけいきはいかいだいきゃいらい――」

北斗七星の力を借りる言葉だ、と葉室さんが私の耳にささやいた。

天文の力を引くのも陰陽師の仕事。天文は星の力。星は人々の幸福を祈る遥かなる祈り。その祈りの力が、大宇宙の彼方からナオキミさまのかりそめの身体に降り注ぐ。

私の目の前で、痩せた少年の身体が黄金色に輝きだした。

「葉室さん、これ――」

黄金の光はどんどん膨れていく。まぶしくて目を開けていられない。だけど、目を閉じても黄金の光が膨張していくのがわかる。天幕いっぱいに光が広がり、私たちも飲み込まれると思った、まさにそのときだった。

光が弾け、いくつもの雷鳴が同時に鳴ったような轟音がした。それは霊的な轟音で、実際にはなんの音もしなかったらしい。宿にいる人たちは気づいていないようだったから。

目を開ければ、もう光はなかった。泰明さんは先ほどのまま、印を結んで椅子に座っている。しかし、泰明さんの向かい側、ナオキミさまがいなくなっていた。座っていた椅子は倒れている。

頭上でまた雷のような音がした。

上空を見て、私は息をのんだ。

天幕の上に、天球全体を覆わんばかりの巨大な存在が浮かんでいたのだ。

何十メートルもあろうかという身体は光り輝くうろこに覆われてとぐろを巻いている。両手を広げても届かないほどの顔は、大きな目とワニのような口、無数の牙を持っている。額の左右には長い角が生えていた。身体全体から見れば小さい手には宝珠を持っている。

「あれは、龍か」と、葉室さんが呆然とした声を出す。

「ううん。あれはナオキミさまの本当の姿」

それを人間が呼ぶとすれば――龍神。

ナオキミさまの本当の姿は、星空を飲み込むほどに巨大な龍神だったのだ。

龍神は首を曲げて、私たちを見下ろした。

《世話になった、静姫。陰陽師や法水たちも、感謝する》

「じゃあ、ナオキミさまは力を取り戻したってことなんですか」

と、葉室さんが龍神を見上げながら問う。その問いに、泰明さんが答えた。

「そうだ。だけど、ひょっとしたら、ナオキミさまは、そもそも力をなくしてなんておられなかったのかもしれないね」

「どういう意味ですか」

と私が尋ねると、泰明さんはいつものように笑った。

「さっき静姫ちゃんが言った通りさ。『ナオキミさまの本当の姿』って。本当の姿というのは自分の心の奥底にあるものだろ?」

龍神が再び私に話しかけてきた。

《静姫にはまた助けてもらったな。わしはいましばらく神としての自らの役割に徹することとしよう。わしが帰るまえに、もし静姫が望むなら、昼間の愚かな客どもに罰を与えることもできるが、どうする?》

人間の幸福が大切な龍神さまに、そんなことを言わせてはいけない。

「龍神さま、そんなことはなさらないでください。その代わり、私たちをいつも見守っていてください。あなたに対して、自分たちの欲望のままに祈る私たちにならないように」

私が心からの言葉を伝えると龍神の目がかすかに細められた。懐かしい日々を思い出すように、私に語りかけてくる。

《おまえは、〝今世《いま》〟でも〝過去世《むかし》〟と同じようなことを言うのだな》

龍神の言っていることが少しわからなくて、私は心のなかで小首をかしげた。

たぶん、昔の私なら変なクレーム客を罰してくれとまでは言わないまでも、自分の欲望のままに龍神に願っていただろう。東京の大企業に就職させてください、とか。あるいは、あやかしが見えて人生がおかしくなっている自分がかわいそうと、神頼みしたかもしれない。この霊能をなくしてください、とか……。

でも、霊能があるのもひっくるめて、私の個性。

私がしたことはほとんどないかもしれないけど、〝私〟でなければみんなに会えなかったし、今日ここに私はいないのだし。

龍神さま、と私はもう一度語りかけた。

「もし、あなたが再び人の愚かさにため息をつきたくなったら、いつでもこの宿にお越しください。ここは『いざなぎ旅館』、人とあやかしと神さまがくつろげる場所ですから」

私は微笑みながら胸を張って龍神に宣言する。竜神は私の言葉を噛みしめるように目を閉じていたが、ゆっくりと目を開けた。その目には神さまの猛々しさだけではなく、神さまの慈しみの心が溢れている。

《そうであったな。では、陰陽師よ、この地の結界、よろしく頼むぞ》

「はい」と泰明さんが恭しく一礼した。

龍神が首を天に向けようとする。最後に言っておきたいことがあった。

「龍神さま」

星空の彼方へ飛び立とうとしていた龍神が、再び私に目を落とす。

《なにか》

「コーヒー牛乳、おいしかったですね」

龍神の顔があきらかに微笑む。

私も本心からの笑顔で見送ることにした。

龍神は今度こそ、夜空の彼方へ首を巡らせると、黄金の光を降らせながら飛び去っていった。

龍神が黄金の光の帯となって消えていく姿を、私は手を振りながらじっと見送っていた。古い友人を見送るかのように、心のなかに郷愁が渦巻く。

さっきまで晴れていた空がにわかに曇り、大粒の雨が降りはじめた。

エピローグ

龍神が去ったあとの大雨は、夜明けと共に嘘のようにやんだ。龍神というのは嵐を自在に操る神さまでもあるのだと葉室さんから聞いて、なるほどと納得した。

夜が明ければ朝が来る。朝になれば太陽が夜の星々を隠してしまう。見えないけれどもあるんだよ、という詩の通りだった。

朝になればチェックアウトする人は荷物をまとめて受付にやって来る。普段ならまず館内の清掃に入る私だけど、善治郎さんにお願いして今日は受付周りにいさせてもらった。朋代さんが今日で宿を出ていくからだ。

十時過ぎぐらいに、朋代さんがキャリーケースを転がしながら受付にやってきた。

「おはようございます、朋代さん」

「おはようございます、静姫さん。あれ？　静姫さん、なにかありました？」

「なにかって……？」

「昨日より一段ときれいになってる」

「またまた～。そんなこと言ってもなにも出ないですよ～」

心当たりがあるとすれば、ナオキミさま――龍神とのことくらいだ。神秘的なことの連続だったけど、それがなにか作用しているのだろうか。きれいになった自覚は残念ながらあまりないのだけど……。

朋代さんと私は他愛ない話をしてころころと笑った。

「いろいろお世話になりました」

「朋代さんこそ素敵な笑顔ですよ」

と、私が言うと私の肩に乗っているしろくんも同意するように「きゅーん」と鳴く。

朋代さんは私の言葉に笑みを漏らした。

「正直、よくわかりません。ただ、人間っていうのは前に進んでいくしかないんだろうなって思ったんです」

その言葉が私にも響く。そうなのだ。あやかしでも神さまでもない人間は、ただ前に進んでいくしかないのだ。その途中で出会いも別れも繰り返すとしても。

私たちが盛り上がっていると、葉室さんも朋代さんへ挨拶にやって来た。

「ご滞在、ありがとうございました。またお越しください。その頃までには、藤原も一人前の仲居になっていると思いますので」

いつもの仏頂面じゃなく、爽やかな笑顔で挨拶する葉室さんにかちんときた。

私にもその十分の一でいいから笑顔を向けてほしい。別に深い意味はないけれど、なんだか面白くなくてぶすっとしていたら、朋代さんがにやにやと笑って、私の腕を引っ張った。

「静姫さん、ずるーい」

と、葉室さんに聞こえないように冷やかすように言った。

「な、なにがですか」

「私がいろいろあった間に自分はこんなイケメンをゲットしてたなんて」

「な、なに言ってるんですか⁉　こんな奴、私から願い下げです」

朋代さんのによによは止まらない。

「ふーん。じゃあ、そういうことにしておこう」

「ほんと、違うんですからね⁉」

程なくして朋代さんは会計も済ませて出ていった。その背中を見送りながら、ひょっとしたら泣いちゃうかもと思っていたのに、隣に立っている葉室さんのおかげでそうならずに済んだ。

私の肩でまた、しろくんがきゅーんと鳴く。

ひょっとして、私がしんみりしないように葉室さんが配慮してくれたのだろうか。いやいや、この人、そこまで気が回る人じゃない。あー、でも、接客態度とかはたしかにそつないし……。

私の思いなぞ知らぬ顔で仕事をしている葉室さんが憎らしい。

「どうした？」

「いいえ別になにも」これだけでは語弊もあろうから、付け加える。「そういえば、昨日、ナオキミさまに吹っ飛ばされたとき、怪我はなかったんですか」

昨日はいろんなことがありすぎたけど、自分の言葉で壁に叩きつけられた葉室さんを思い出し、ぞっとした。

「あったよ。あばら一本くらいいってたかもしれない」

と、葉室さんが平然とした顔で、しれっと言ってのける。

「ええっ⁉」

とんでもなくあっさりとした告白に、私が思わずうろたえる。自分を守ったせいで葉室さんを傷つけてしまったの？　私、どうしたらいいのだろう。

気が動転しそうな私を落ち着かせるように、葉室さんが微笑んだ。たぶんこのときのやさしい笑顔を私は一生忘れないだろう。

「俺、半分鳳凰だからさ、回復力は人より早いんだ」

と葉室さんが種明かしをした。

「へ？」

「だーかーらー、鳳凰の力で大抵の怪我はすぐに治せるんだよ。〝鬼〟の善治郎さんよりも早くな」

それ、早く言ってよ……。

「……よかった」

肩の力が抜けた。朋代さんとのお別れで泣けなかったぶん、いまになって目の前が涙でにじむ。

「な、なんでおまえが泣くんだよ。骨折って痛かったのは俺なんだからな」

と葉室さんの声が裏返る。私の涙を見た葉室さんが動揺する番だった。

「うるさいです」

受付で泣いていてはいけない。ちょっと後ろへ下がろうかと思ったら、ちょうど善治郎さんが交代に来てくれた。

「はい交代するよー……って、あれ、どうした静姫ちゃん」

「な、なんでもないです」慌てて目元をぬぐう。

「葉室くん、彼女泣かせちゃダメだよ？」

「彼女じゃありませんし、俺が泣かせたわけでもありません」

「そっかい？　人間素直なのがいちばんだよ？」

善治郎さんが楽しげにからかってくれている。

「〝鬼〟に人間としての在り方を説教されるとは思いませんでした」

葉室さんと善治郎さんのやりとりのおかげで涙が引っ込む。

「そういや、もう四月だねえ」

善治郎さんがのんびりと言う。

「四月ですねぇ」

と、私ものんびり答える。

「四月になったら、静姫ちゃん、本採用だねえ」

「え、本採用、決まりですか」

私が驚いて聞き返すと、善治郎さんが舌を出しておどけた。

「これはまだ言っちゃいけなかったのかな。聞かなかったことにして」と善治郎さんが改めて私の耳にささやいた。「でも、本採用だから」

「本当ですか!?　ありがとうございます！」

これでずっとここで働けるんだ。

ん？　ずっと、ここで？

「あ、あははは」と思わず乾いた笑いがこみ上げてきた。

「どうしたの、元気ないじゃない」

「そういうわけじゃないんですけど……借金、あったんですよね……」

いきなり一千万円の借金を思い出してしまい、気持ちが沈む。思わず遠い目になった。

いっそのこと夕べ、龍神に借金チャラをお願いすればよかったかなと、よこしまな考えが頭をよぎった。ダメダメ。そういうことをしちゃダメなんだって。

それにしても一千万円の借金は多いよな……。

「ここで働くのイヤなの？」

「いえいえ。そんな滅相もない」

思わずため息をついたら、玄関扉の向こうで仔犬が吠える声がした。扉の向こうに見えるあのシルエット、見覚えがある。しろくんが跳ねた。私も受付から飛び出して、玄関扉を開ける。

「豆柴ちゃん！　よく来たね！」

「お言葉に甘えて、遊びに来てしまいましたっ」

そこには豆柴が尻尾をパタパタさせて待っていた。久しぶりに見るそのもふもふのシルエットに、私はぎゅーっと抱き着いた。

「静姫さまっ。実は遊びに来ただけではなく、またちょっとご相談がありまして」

「どうしたの？　なんでも聞いてあげるよ。ところで、今回は車とか大丈夫だった？」

私が質問すると、豆柴の尻尾がたれた。

「えっと、実はまたひかれそうになりまして」

「また!?」

すると、絵里子さんが現れ、「ほんと、相変わらずあぶないんだから、この子は」と、両手に買い物袋を提げてやれやれといった様子で続ける。「また厨房車のまえに飛び出してきたんだよ？」

絵里子さんにおでこを軽く弾かれて、ますます豆柴が小さくなる。

「面目ないであります……」

ふかふかが小さなまるまるになっている。かわいいであります。しろくんも、豆柴を慰めるようにきゅんきゅん鳴いていた。

私は豆柴を抱っこする。「こっちは人間の入り口だから向こうから入ろうか」

私の横の葉室さんが無言で豆柴に熱い視線を注いでいる。善治郎さんが豆柴を指先でいじっていた。葉室さんがおもちゃを取られた子供のような表情を一瞬だけ見せた。

豆柴、そんなに好きなら触ればいいのに……。

善治郎さんはそんな葉室さんに気付いていない。

「どうだい、一千万円以上のもんは見つかったんじゃねえか。こういううれしい出会いとか、経験とか」

「まあ、そういえばそうかもですね」

素敵な出会い、プライスレス。

善治郎さんの言う通りではあるんだよなぁ。

まだ数週間しかいないのに、就活二百連敗で絶望していた頃の私はもういない。仕事だけではない。あやかしが見える力へのネガティブな気持ちもなくなっていた。なにしろ、この霊能がなかったら、私はここに来ていないし、仮に来ていたとしても綾葉や豆柴や朋代さんや鈴菜や龍神と出会えなかったのだから。

こんなにも自分がぐいぐい変わっていくのが不思議なくらいだ。

ふと、葉室さんが「いざなぎ旅館」について語った言葉が思い出される。

〝結論がすごく早い。いいことも悪いことも自分への報いがすぐに返ってくる〟——

それはこういうことも指していたのかもしれない。

その葉室さんにもここで出会えたのだ。いつもどこか一線を引いているような顔をしていながら、本当は面倒見がよくて、私を守ってくれようとした人と——。

まだわからないことはいろいろある。仕事のことだけではなくて、あの〝巫女〟の夢の正体もわからない。

でも、私は来るべくしてここに来たのだと思う。

借金まで「なるべくしてなった事件」とは思いたくないけど。

でも。

やっぱり、腹をくくらなきゃダメだよね。

ええい、借金なんぼのもんじゃーい！

よかったことのほうが圧倒的に多いんだから、とことん頑張るしかないじゃない。

私が向こう見ずな決意を固めていると、絵里子さんが買い物袋を地面に置いてポケットに手を突っ込んだ。

「ねえ、善治郎さん。もう合格でいいんじゃないの？」

「うん？　そうだねえ。でも、俺は口が堅いから言えねえんだよ」

「さっきは本採用についてフライングしたくせに、律儀な〝鬼〟だよね」

　わけのわからないやりとりに、私は首をかしげる。葉室さんを振り返るが、なにも言わないでいつもの仏頂面でスマホを取り出している。

「あの、なんの話でしょうか。合格って？」

　絵里子さんが私の腕を引っ張って厨房車の陰に連れていった。ポケットから鶏油の入っている小瓶を取り出した絵里子さんは中身を少し舐める。艶やかな黒髪に猫耳がぴょこんと立ち上がった。瞬く間に髪は銀色に輝き、爪は伸び、目つきが猫そのものに変わる。

「にゃーん。善治郎さんは忠誠心高い鬼だから自分からは言わないにゃ。あたしだって人間の立場だと言いにくいことがあるんにゃ。だから猫又憑依して、あたしが教えてあげるにゃ」

「な、なにをでしょうか」

　猫又絵里子さんが真面目な顔でずい、と私に顔を近づける。

「実はにゃ」ずい。

「はい」

私はごくりと唾を飲み込む。

「本当はにゃ」ずいずい。

「ええ」

「静姫にゃんが割ったお皿は、ただの安物。百均で買ったお皿だったんにゃ」

その言葉に私の思考は停止する。

「…………はい？」

ちょっと待って。私が割ってしまった皿、一千万円っていうのが、嘘？

「そうにゃ。だから当然、借金一千万円っていうのも——大嘘にゃ」と猫又絵里子さんがかわいらしく顔を洗っていた。

「そ、そんな……」と私はへなへなとその場に座り込んでしまった。

お皿を割っちゃって、とんでもないことしちゃったと思って。引っ越しの荷造りのときも本当は不安で仕方がなかったのに。

ここで働きながら、楽しいことがあっても、心のどこかでいつも借金のことがへばりついていて、苦しい思いを抱えていたっていうのに。

「ま、そういうことにゃ。にゃははは」

と、猫又絵里子さんがいい笑顔になった。両手首をくたっとさせた猫の構えで笑っている。かわいいけど！

「っていうか、皿を割ったときの絵里子さんのあの涙はなんだったんですか？」

「にゃはは。ごめんにゃ。女はみんな女優にゃ」

いつの間にか後ろに来ていた葉室さんが私の肩をぽんぽんと叩いた。

「大旦那は時々、これはという人材を確保したいときにこの手を使うんだよ。それで、十分この旅館に慣れたところで種明かしをする」

葉室さんが極めて不機嫌そうな顔で教えに来てくれた。

「え？　え？　え？」

「ちなみに、おまえがされたのと同じ手口で、俺も絵里子さんもやられた」

「……えええええっ⁉」

私の絶叫に、しろくんが飛び上がる。

なにそれ。なにそれ、なにそれ――。

葉室さんが私から視線を逸らして大きくため息をついた。

「実は俺、『ああ、またやってる。しかも気の弱そうな女の子相手に』って、大旦那にちょっと腹が立ってた。だから、おまえにもいつもぶすっとした顔を見せていたかもしれないな。まあ、自分で言うのもアレだけど俺は普段から愛想がいいほうではないし、俺も借金ネタで少し脅かしたけど――すまなかった」

葉室さんが謝った！　私は掌を突き出して〝待て〟のポーズになる。

「ちょっと待ってください。情報が多すぎて……。いま整理しますから」

混乱する頭と気持ちを少しずつ整理し、絵里子さんや葉室さんが教えてくれたことの意味がわかると、心底ほっとすると同時にだんだん腹が立ってきた。私はゆらりと立ち上がる——。

「これもちなみにだが、俺も絵里子さんも種明かしをされたあとは、一目散に大旦那の部屋に怒鳴り込んだ」

「……私もみなさんにならいたい心境です」

私は腕のなかの豆柴を猫又絵里子さんに託す。葉室さんがスマホをしまった。

「じゃあ、俺も一緒について行ってやる。おまえひとりじゃ、大旦那と対面したときに気後れするかもしれないからな」

「ありがとうございます！」なんて人が悪い陰陽師なんだ。敵は本能寺にあり！　「大旦那さまぁ——！」

私は泰明さんの部屋を目指して走りだした。

葉室さんが私の横を走ってくる。横を見たら葉室さんと目が合った。ちょっとドキッとする。すると葉室さんは私に笑いかけた。少しはにかんだような、初めて見せる笑顔。私の気持ちと足が加速していくのがわかった。

「お、けんかにゃ、けんかにゃ。あたしも少し暴れたいにゃ」と、猫又絵里子さんが楽しそうについてくる。

「やれやれ、あんまり暴れったら旅館が壊れっちまうよ」と善治郎さんまで。

こうなれば、みんなで泰明さんの部屋に殴り込みだ。

だけど――これで心にわだかまりなく働くことができる。

もうすぐ四月。桜のつぼみは花開く日のためにゆっくり色づいていた。

あとがき

みなさま、こんにちは。遠藤遼です。

今回は『星降り温泉郷　あやかし旅館の新米仲居はじめました。』をお読みくださり、本当にありがとうございます。

小学一年生の頃、私は無性に星座が好きでした。なにがきっかけだったかわかりません。住んでいた場所は東京だったので夜空に感動した、というわけでもなかったと思います。ギリシャ神話に興味があったわけでもありません。ただ、テストをさっさと終わらせると、テスト用紙の裏にいろんな星座を書きまくっていました。

次に星空に感動したのは高校の授業で体験したプラネタリウム。星の少ない都立高校でしたから、本当はこれだけの星が空にはあるのだと見せられたときには男女を問わず歓声をあげたものです。

さらに大人になって、本作のように星の美しいところで夜空を見上げたり、誰もいない温泉につかっていると、とても神秘的な気持ちになったものです。何十年何百年それ以上前の光が宇宙の彼方から地上に届いている。ひょっとしたらいまはもうないかもしれない星の光も。逆に言えば、もし仮に、星の側から超高性能の望遠鏡で見れば、はるか昔の地球の姿が見えることになるのではないか。そうすると時間とか歴史とか、どうなってしまうのだろう……。そんなことを考えるのも楽しいです。

物語は、環境省認定の日本一美しい星空の里・長野県阿智村「昼神温泉」をヒントにした架空の「星降り温泉郷」を舞台に、主人公の静姫が奮戦しています。もちろん「昼神温泉」にあやかしは出ませんが、満天の星の下で、人間も神さまもあやかしも共に憩える温泉にしました。千年前も一万年前も、それどころか悠久の昔から天に星は輝き、人々の出会いと別れの、喜びと悲しみのすべてを見つめ続けてきたという、気が遠くなるような感覚をずっと感じながら、今回は執筆していたものです。

お読みいただいたあと、主人公の静姫は「いざなぎ旅館」に来られてよかったねと、思っていただければ幸いです。彼女のこれからの成長、私も気になっています。

最後になりましたが、この物語を書籍化していただきましたスターツ出版のみなさま方はじめすべての方々に心より感謝申し上げます。とても素敵なイラストをお描きいただきましたO嬢さま、本当にありがとうございます。

どうか読者のみなさまの心が、笑顔と幸福で満たされますように。

二〇一九年七月　遠藤遼

この物語はフィクションです。実在の人物、団体等とは一切関係がありません。

遠藤 遼先生へのファンレターのあて先
〒104-0031　東京都中央区京橋1-3-1　八重洲口大栄ビル7F
スターツ出版(株) 書籍編集部 気付
遠藤 遼先生

星降り温泉郷
あやかし旅館の新米仲居はじめました。

2019年7月28日　初版第1刷発行

著　者　遠藤 遼　©Ryo Endo 2019

発行人　松島滋
デザイン　カバー　徳重 甫+ベイブリッジ・スタジオ
フォーマット　西村弘美
D T P　久保田祐子
編　集　後藤聖月
発行所　スターツ出版株式会社
〒104-0031
東京都中央区京橋1-3-1　八重洲口大栄ビル7F
出版マーケティンググループ　TEL 03-6202-0386
(ご注文等に関するお問い合わせ)
URL　https://starts-pub.jp/
印刷所　大日本印刷株式会社

Printed in Japan

乱丁・落丁などの不良品はお取り替えいたします。上記出版マーケティンググループまでお問い合わせください。

本書を無断で複写することは、著作権法により禁じられています。

定価はカバーに記載されています。

ISBN　978-4-8137-0720-2　C0193

この1冊が、わたしを変える。

スターツ出版文庫　好評発売中!!

知る人ぞ知る癒やしの宿の絶品ご飯が、

涙をぬぐってくれる!

京都伏見・平安旅館
神様見習いのまかない飯

遠藤《えんどう》遼《りょう》／著

定価：本体600円＋税

リストラされて会社を辞めることになった天河彩夢は、傷ついた心を抱えて衝動的に京都へと旅立った。ところが、旅先で出会った自称『神様見習い』蒼井真人の強引な誘いで、彼の働く伏見の平安旅館に連れていかれ、彩夢も「巫女見習い」を命じられることに…!?　この不思議な旅館には、今日も悩みや苦しみを抱えた客が訪れる。そして神様見習いが作るご飯を食べ、自分の「答え」を見つけたら、彼らはここを去るのだ。――涙あり、笑顔あり、胸打つ感動あり。心癒やす人情宿へようこそ！

イラスト／pon-marsh

ISBN978-4-8137-0519-2

この1冊が、わたしを変える。

スターツ出版文庫　好評発売中!!

京都
あやかし料亭の
まかない御飯
kyoto Ayakashi-ryotei no Makanai-gohan
老舗高級料亭は、真夜中になると…
あやかし専用に⁉
月乃井

浅海《アサミ》ユウ／著

定価：本体570円＋税

浅海ユウ
京都
あやかし料亭の
まかない御飯

今宵も傷ついたあやかしたちが
京都の優しい味を求めてやってくる――。

東京で夢破れた遥香は故郷に帰る途中、不思議な声に呼ばれ京都駅に降り立つと、手には見覚えのない星形の痣が…。何かに導かれるかのように西陣にある老舗料亭『月乃井』に着いた遥香は、同じ痣を持つ板前・由弦と出会う。丑三時になれば痣の意味がわかると言われ、真夜中の料亭を訪ねると、そこにはお腹をすかせたあやかしたちが⁉　料亭の先代の遺言で、なぜかあやかしが見える力を授かった遥香は由弦と“あやかし料亭”を継ぐことになり…。

イラスト／庭 春樹

ISBN978-4-8137-0447-8

この1冊が、わたしを変える。
スターツ出版文庫　好評発売中！！

八《はち》谷《や》 紬《つむぎ》／著
定価：本体570円＋税

京都
あやかし絵師の癒し帖

古都の片隅、
不思議な力を持った美大生が、
迷えるあなたの
「心」を救う――。

人と妖怪が紡ぐ切なくも心温まる世界。
その愛に触れ、誰もが必ず涙する――。

物語の舞台は京都。芸術大学に入学した如月椿は、孤高なオーラを放つ同じ学部の三日月紫苑と、学内の大階段でぶつかり怪我を負わせてしまう。このことがきっかけで、椿は紫苑の屋敷へ案内され、彼の代わりにある大切な役割を任される。それは妖たちの肖像画を描くこと――つまり、彼らの“なりたい姿”を描き、不思議な力でその願いを叶えてあげることだった…。妖たちの心の救済、友情、絆、それらすべてを瑞々しく描いた最高の感涙小説。全４話収録。

ISBN978-4-8137-0279-5　イラスト／pon-marsh

スターツ出版文庫　好評発売中!!

『いつか、眠りにつく日２』　いぬじゅん・著

「命が終わるその時、もし“きみ”に会えたなら」。高２の光莉《ひかり》はある未練を断ち切れぬまま不慮の事故で命を落とす。成仏までの期限はたった７日。魂だけを彷徨わせる中、霊感の強い輪《りん》や案内人クロと共に、その未練に向き合うことに。次第に記憶を取り戻しつつ、懐かしい両親や友達、そして誰より会いたかった来斗《らいと》と、夢にまで見た再会を果たす。しかし来斗には避けられないある運命が迫っていて…。光莉の切なる祈りの果てに迎えるラスト、いぬじゅん作品史上最高の涙に心打ち震える!!

ISBN978-4-8137-0704-2 ／ 定価：本体580円＋税

『僕は君と、本の世界で恋をした。』　水沢理乃《みずさわりの》・著

自分に自信がなく、生きづらさを抱えている文乃《あやの》。ある日大学の図書館で一冊の恋愛小説と出会う。不思議なほど心惹かれていると、作者だという青年・優人《まなと》に声をかけられる。「この本の世界を一緒に辿ってくれない？」――戸惑いながらも、優人と過ごすうちに文乃の冴えない毎日は変わり始める。しかしその本にはふたりが辿る運命の秘密が隠されていて……。すべての真実が明かされる結末は感涙必至！「エブリスタ×スターツ出版文庫大賞」部門賞受賞作！

ISBN978-4-8137-0702-8 ／ 定価：本体550円＋税

『たとえ明日、君だけを忘れても』　菊川《きくかわ》あすか・著

平凡な毎日を送る高２の涼太。ある日、密かに想いを寄せる七瀬栞が「思い出忘却症」だと知ってしまう。その病は、治療で命は助かるものの、代償として“一番大切な記憶”を失うというもの。忘れることを恐れる七瀬は、心を閉ざし誰とも打ち解けずにいた。そんな時、七瀬の“守りたい記憶”を知った涼太は、その記憶に勝る“最高の思い出”を作ろうと思いつき……。ふたりが辿り着くラスト、七瀬が失う記憶とは――。驚きの結末は、感動と優しさに満ち溢れ大号泣！菊川あすか渾身の最新作！

ISBN978-4-8137-0701-1 ／ 定価：本体590円＋税

『ご懐妊!!』　砂川雨路《すながわあめみち》・著

広告代理店で仕事に打ち込む佐波。悩みといえば、上司の鬼部長・一色が苦手なことくらい。それなのに、お酒の勢いで彼と一夜を共にしてしまい、しかも後日、妊娠が判明！迷った末に打ち明けると、「産め！結婚するぞ」と驚きのプロポーズ!?　仕事人間の彼らしく、新居探し、結婚の挨拶、入籍…と、まるで新規事業に取り組むように話は進んでいく。この結婚はお腹の赤ちゃんを守るためのもの。そこに愛はないとわかっていたはずなのに、一色の不器用だけどまっすぐな優しさに触れるうち、佐波は次第に恋心を抱いてしまって…!?

ISBN978-4-8137-0705-9 ／ 定価：本体620円＋税

スターツ出版文庫　好評発売中!!

『八番目の花が咲くときに』　櫻井《さくらい》千姫《ちひめ》・著

本当は君を、心から愛したいのに…。高2の蘭花は自閉症で心を読みづらい弟・稔《みのる》を持ち、周囲の目に悩む。そんなある日、彼に特別な力があると気づく。悲しみの色、恋する色…相手の気持ちが頭上に咲く“花の色”で見える稔は、ちゃんと“誰かを想う優しい心”を持っていた——。混じり気のない彼の心に触れ、蘭花は決意する。「もう逃げない。稔を守る」しかしその直後、彼は行方不明に…。物語のラスト、タイトルの意味が明かされる瞬間、張り裂けんばかりの蘭花の叫びが心を掴んで離さない!!

ISBN978-4-8137-0692-2 ／ 定価：本体550円＋税

『きみに向かって咲け』　灰芭《はいば》まれ・著

他人の感情に敏感で、言葉の中の嘘が見えてしまう女子高生・向葵《こうき》は、そんな“ふつうじゃない”自分に悩んでいた。ある日、1枚の絵をみるために訪れた美術館でひとりの青年に出会う。向葵とは対照的に、彼は他人の気持ちを汲み取れないと言う。「ふつうになりたい」——正反対なのに同じ悩みを持つふたり。この出会いが、運命を変えていく——。ふつうとは何か。苦しみの中で答えを探し続ける姿に、そして訪れる奇跡のラストに心揺さぶられ、気がつけば…涙。

ISBN978-4-8137-0691-5 ／ 定価：本体590円＋税

『狭間雑貨店で最期の休日を』　楪《ゆずりは》 彩郁《さいか》・著

生活費を稼ぐためアルバイト先を探す千聖が見つけたのは、1軒の雑貨店。平日はどこにでもある雑貨店だが休日は様子が違うようで…？　そこは、あの世とこの世の狭間に存在する店。訪れる客は、後悔を抱えたまま彷徨う幽霊。人の姿ではあるがなにやら訳アリな店長・雷蔵に見込まれた千聖は、彼らの未練解消を手伝うことになるが——。別れは、ある日突然訪れる。大切な人に伝えられなかった思い、今、私たちが届けます。「エブリスタ×スターツ出版文庫大賞」ほっこり人情部門賞受賞作！

ISBN978-4-8137-0690-8 ／ 定価：本体560円＋税

『死にたがり春子さんが生まれ変わる日』　葦永《あしざわ》 青《あお》・著

無気力に日々を生きている高校生の春子は、線路に落ちそうになった人を庇って命を落としてしまう。死後の世界で出会ったのは死神・薊《あざみ》。なんと春子は彼の手違いで殺されてしまったのだ。だが、生きることに執着のない春子。彼女はそのまま、この世に彷徨う死者を成仏させる死神の仕事を手伝うこととなり……。様々な死者の想いに触れた春子を待ち受ける運命とは——。感動のラストは圧巻！読後、きっとあなたの明日が生きる希望で満ち溢れる。「エブリスタ×スターツ出版文庫大賞」部門賞受賞作！

ISBN978-4-8137-0689-2 ／ 定価：本体610円＋税

書店店頭にご希望の本がない場合は、書店にてご注文いただけます。